데카메론

일러두기

• 이 책은 Giovanni Boccaccio, 『*The Decameron of Giovanni Boccaccio*』(Project Gutenberg, 2007)
를 참고했습니다.

Decameron

데카메론

조반니 보카치오 지음

나림

조반니 보카치오

이탈리아 화가 안드레아 델 카스타뇨의 1450년경 작품.

「보카치오가 묘사한 피렌체 흑사병 La peste di Firenze dal Boccaccio descritta**」**

이탈리아 화가 루이지 사바텔리의 1801년 작품. 흑사병(黑死病, Black Death)은 인류 역사에서 최악의 전염병으로 꼽힌다. 이 병으로 유라시아 대륙에서 적게는 7,500만 명, 많게는 2억 명이 죽은 것으로 본다. 유럽에서는 1346~53년 사이에 가장 극심했는데, 『데카메론』의 시대 배경인 1348년 피렌체 흑사병이 여기에 속한다. 1340년경 유럽 인구는 약 7,500만 명이었지만 흑사병 발병 후 약 3년 만에 그중 3분의 1이 사망했다. 인구 감소로 노동력이 부족해지자 영주들은 농노의 지위를 향상시키거나 그들과 거래를 해야만 했다. 그 결과 중세시대의 근간인 장원제도와 봉건제도가 붕괴해 14세기에서 16세기에 걸쳐 일어난 르네상스의 경제적 배경이 되었다고 보기도 한다.

「데카메론 Decameron」

독일 화가 프란츠 자버 빈터할터의 1837년 작품. 제목 '데카메론(Decameron)'은 그리스어 데카(déka, 십)
와 헤메라(hēméra, 일)의 합성어로 '열흘'이라는 뜻이다. 보카치오의 고대 그리스 문헌학에 대한 사랑을
보여준다. 서양 고전 문헌학은 르네상스 시대 인문주의에서 시작되었는데 그리스어, 라틴어, 산스크리트
어 문학 연구가 주를 이루었다. '데카메론'은 흔히 '열흘간의 이야기'로 번역하지만 돌아가면서 이야기를
하는 일곱 여성과 세 남성이 실제로 함께 머문 기간은 2주, 즉 14일이다. 그런데 "금요일은 주님이 수난일
이니 기도에 열중하고 토요일에도 각자 몸을 말끔히 씻어내자"는 제안에 따라 일주일에 이틀은 이야기를
나누지 않아서 열흘간 하루에 10편씩 총 100편의 이야기가 된다.

『데카메론』 중세 필사본

15세기 필사본 중 일부와 그 속에 실린 세밀화. 『데카메론』을 단테의 『신곡(神曲)』과 비교해 '인곡(人曲)'이라 부르기도 한다. 그만큼 이 작품이 중세 기독교 세계관에서 벗어나 현실 세계의 살아 움직이는 사람들과 그들의 세속적 가치관, 그리고 생활방식을 생생히 그려냈다는 뜻이다. 특히 로마가톨릭 비판과 인간 본능 및 욕망의 적나라한 표현 때문에 오랫동안 금서로 지정되었으며, 오히려 그래서 더 많이 읽히기도 했다. 이런 이유로 보카치오는 근대소설의 선구자로 평가받는다.

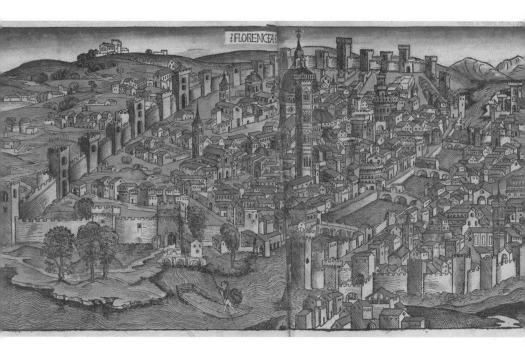

1490년경 이탈리아 피렌체 풍경

독일 역사가 하르트만 셰델이 1493년 출간한 『세계연대기(Weltchronik)』에 실린 목판화. 보카치오가 살던
당시 피렌체는 피렌체 공화국이었다. 무역과 은행업으로 성장하던 피렌체 공화국의 번영은 13세기 말쯤
고조에 이르렀으나, 이후 은행들이 파산하면서 흔들리기 시작했다. 거기에 14세기 중반 유럽 전역에 흑사
병이 퍼지면서 위기가 닥쳤고, 피렌체 역시 그 영향을 피할 수 없었다. 중세의 종말이자 르네상스의 서막
이었던 셈이다. 이런 가운데 13세기 후반에서 14세기까지 피렌체가 고향인 단테와 보카치오, 그리고 또
다른 대작가 페트라르카를 중심으로 이탈리아 문학은 화려한 꽃을 피운다.

영화 「데카메론」

로마가톨릭과 파시즘에 강하게 반대했던 이탈리아 영화감독 피에르 파솔리니가 1971년 제작한 영화 「데
카메론」의 포스터. 『데카메론』은 여러 작가에게 영향을 끼쳤는데 셰익스피어의 『베니스의 상인』, 초서의
『캔터베리 이야기』, 에드거 앨런 포의 단편소설 「적사병의 가면」, 레싱의 희곡 『현자 나탄』 등이 대표 사례
다. 한편 종교개혁자 마르틴 루터는, 『데카메론』 내용 중 로마가톨릭으로 개종하는 유대인을 다룬 첫 번째
날 두 번째 이야기를 자기 나름대로 고쳐서 써먹기도 했다. 작품 속에서 유대인은 로마가톨릭교회가 썩을
대로 썩었는데도 망하지 않으니 하느님의 뜻이 진짜 거기 있는가 보다며 개종 이유를 설명한다. 루터는
이 이야기를 거꾸로 뒤집어 그렇게 부패했으니 로마가톨릭으로 개종하지 말아야 한다고 주장했다.

데카메론 차례

이야기를 시작하기 전에

여러분도 아시겠지만 1348년 이탈리아에서 가장 아름다운 도시 피렌체에 치명적인 흑사병이 돌았습니다. 전염병이 너무나 무섭게 휘몰아쳤기에 어떤 대책도 소용이 없었지요. 아무리 머리를 짜내도 좋은 방법이 없었답니다. 심지어 의사가 할 수 있는 일조차 없었지요. 그때는 그것이 어떤 병인지 누구도 알지 못했고 그 병에 대해 연구한 의사조차 없었으니까요. 그러니 정말 속수무책이었습니다. 그 병에 걸린 사람은 아무런 손도 쓸 수 없는 가운데 단 사흘 만에 목숨을 잃었습니다.

그러나 정작 더 심각한 문제는 따로 있었습니다. 마른 장작이나 기름종이에 불이 번지듯 순식간에 전염병이 퍼져나간 거지요. 우리의 아름다운 도시는 금방 한탄과 불행에 빠져버렸습니다. 도덕도 권위도 다 땅에 떨어져버렸습니다. 도시의 모든 행정도 마비되어버렸습니다. 그리고 정말 끔찍한 일이 벌어졌습니다. 아, 우리의 아름다운 피렌체가 거의 빈 도시가 되어버렸으니! 모두 죽거나 도시를 떠나버린 거지요.

이 책을 쓰면서 이렇게 끔찍한 이야기로 시작을 하려니 이제 겨우 잊어버릴까 말까 한 아픈 기억을 여러분에게 되살리는 짓이 아닌가 싶어 걱정이 앞섭니다. 하지만 걱정하지 마십시오. 이 책의 이야기들은 사람들의 고통에 대한 이야기들이 아닙니다. 여러분을 한숨과 눈물에 젖게 만드는 이야기들이 아닙니다. 즐거움의 끝에는 고통이 찾아오듯이, 불행한 일은 갑자기 찾아온 즐거운 일로 끝맺게 되어 있습니다. 저는 여러분에게 쾌락과 기쁨을 드리기 위해 이 책을 쓰고 있다고 분명히 말씀드립니다. 사람은 아무리 고통스러운 일을 겪더라도 즐거운 일을 찾기 마련 아니겠어요? 그보다 더 효과적인 약은 없기 때문이지요.

우리 도시의 시민들이 거의 사라져버린 어느 날 산타 마리아 노벨라 성당에 일곱 명의 부인이 나타났습니다. 당시 성당에는 그 일곱 명 외에는 거의 사람들이 없었습니다. 황량해진 도시의 모습을 그 성당에 모인 사람 숫자가 그대로 보여준 셈이지요.

그날 미사에 참석한 부인들은 모두 상복을 입고 있었습니다. 당시 피렌체에 살아남아 있던 사람치고 상복을 안 입은 사람은 하나도 없었다고 보면 됩니다. 그들은 서로 잘 아는 사이였습니다. 친척 간이거나 친구 사이였던 거지요. 그들은 모두 열여덟 살에서 스물여덟 살에 이르는 젊은 부인들이었습니다. 다들 귀족 가문 출신으로 총명하고 기품이 있으며 발랄하고 정숙한 부인들이었습니다.

이제부터 여러분이 읽게 될 이야기들은 모두 그 부인들이 실제로 말하거나 들은 이야기들입니다. 저는 여기서 부인들의 실명을 밝히지 않겠습니다. 참으로 자유로운 분위기에서 말하고 들은 이야기라서 혹시 남들을 씹기 좋아하는 호사가들에게 먹이를 던져주는 셈이 되지나 않을까 걱정이 돼서입니다. 그런 자들은 정숙한 부인들의 입에서 나온 재치 있는 이야기를 추잡한 이야기로 둔갑시키는 재주를 갖고 있으니까요. 저는 이제부터 이 일곱 명의 부인들 이름을 임의대로 정하도록 하겠습니다.

가장 나이 많은 첫 번째 부인을 팜피네아라고 부르기로 합시다. 그리고 두 번째를 피암메타, 세 번째를 필로메나, 네 번째를 에밀리아라고 부르기로 하지요. 다섯 번째는 라우레타, 여섯 번째를 네이필레라 부르고 마지막 부인에게는 엘리사라는 이름을 붙이기로 하지요.

부인들은 누가 제안한 것도 아닌데 성당 한구석에 동그랗게 모여 앉았습니다. 그리고 그간의 사정에 대해 이런저런 이야기를 나누었습니다. 모두 슬픔을 겪은 뒤라 말끝에는 저절로 한숨이 뒤따랐지요. 잠시 후 모두 입을 다물자 팜피네아가 나서서 말했습니다.

"친애하는 부인들! 오늘 우리는 슬픔에 젖어 많은 이야기를 나누었어요. 그런데 저는 갑자기 이런 생각이 들더군요. 우리가 너무 각자의 일만 걱정하고 있는 거 아닌가 하는 생각 말이에요. 그래서 우리의 권리를 너무 등한시하고 있는 건 아닌가 하는 생각이 들었어요. 세상에 태어난 사람은 누구든 자신의 생명을 누리고 방어할 권리를 가지고 있어요. 자기의 권리를 정당하게 사용하는 건 잘못이 아니잖아요.

우리 주변을 보세요. 모두 죽어나가고 있어요. 살아 있는 사람들도 정상적인 사람은 거의 없어요. 기껏해야 순간적인 쾌락에 몸을 맡기고 방탕한 생활을 하는 사람들을 볼 수 있을 뿐이에요. 그런데 우리는 여기서 도대체 무엇을 하고 있는 걸까요? 무엇을 기다리고 있으며 무엇을 꿈꾸고 있는 걸까요? 우리가 이런 상황에서 빠져나갈 수 있다고 믿고서 그냥 기다리고 있는 건가요?

우리 이렇게 모인 김에 함께 이 도시에서 빠져나가도록 해요. 여러분은 모두 시골에 별장 몇 채씩은 가지고 있잖아요? 여기서 죽음을 기다리거나 사람들의 방탕한 삶을 속절없이 바라보기보다는 그곳으로 가서 절제된 생활을 하는 게 낫지 않겠어요? 우리의 이성이 허락하는 한에서 우리가 누릴 수 있는 기쁨과 즐거움, 쾌락을 맛보는 게 낫지 않겠어요? 물론 거기도 흑사병에서 자유롭지는 않지요. 하지만 집도 드물고 사는 사람도 별로 없으니 맑은 하늘과 자연을 즐길 수 있을 거예요.”

다른 부인들은 팜피네아의 제안을 받아들였습니다. 뿐만 아니라 벌써 구체적으로 어떻게 그걸 실행에 옮길 것인지 의논하기 시작했지요. 마치 앉은자리에서 바로 떠날 것 같은 기세였습니다. 그러자 언제나 신중한 필로메나가 말했습니다.

“저도 팜피네아 님의 말씀이 모두 옳다고 생각해요. 하지만 우리는 모두 여자잖아요. 여자들만 있다가는 일이 합리적으로 진행되기 어렵다고 생각해요. 남자들이 이끌어주어야 제대로 굴러갈 수 있을 거예요.”

그러자 엘리사가 말했습니다.

"맞아요. 남자의 도움 없이는 우리의 계획이 성과를 얻기는 힘들어요. 그런데 도대체 남자들을 어디서 구하지요? 대부분의 우리 가족들은 이미 저세상 사람이 되어버렸고 살아 있는 사람들도 전부 뿔뿔이 흩어져 도망가고 없으니……."

부인들이 이런 이야기를 나누고 있을 때 마침 젊은 청년 세 명이 성당 안으로 들어왔습니다. 젊다고는 했지만 모두 스물다섯 살 이상이었습니다. 그들도 모두 친구와 친지를 잃은 처지였지요. 하지만 이상하게도 조금도 기죽지 않은 모습들이었으며 활기에 차 있었습니다. 그중 첫 번째 청년의 이름은 판필로, 두 번째 청년은 필로스트라토, 세 번째 청년은 디오네오였습니다. 사실 그들은 앞서 말한 일곱 부인들 중 세 명을 보려고 성당에 들어온 참이었지요. 이 엄청난 재난 앞에서 혼란을 치유할 최고의 방법은 연인을 찾아 나서는 길밖에 없다고 믿고 그녀들을 찾아온 것이지요. 나머지 네 명의 부인도 그들과 친척뻘 되는 가까운 사이였습니다.

청년들을 본 부인들 사이에 잠시 이야기가 오가더니 저들에게 동행을 부탁하지고 의견의 일치를 보았습니다. 그러자 청년들 중 한 명과 친척인 팜피네아가 말없이 자리에서 일어나 청년들을 향해 걸어갔습니다. 그리고 밝은 낯으로 인사를 한 뒤 계획을 말해주고, 형제 같은 순수한 마음으로 동행해줄 것을 요청했습니다.

청년들은 처음에 자신들을 놀리는 줄 알았습니다. 하지만 부인들의 진심을 알게 되자 기꺼이 동행할 준비가 되어 있다고 말했습니다. 그러고는 다음 날 아침 바로 떠나기로 의견을 모았습니다.

이튿날 아침, 부인들과 청년들은 하녀들과 하인들을 데리고 짐을 꾸려 여행길에 올랐습니다. 그리고 도시에서 3킬로미터 정도 떨어진 곳에 있는 미리 정해놓은 장소에 도착했습니다.

그 집은 조그마한 언덕 꼭대기에 자리 잡고 있었습니다. 길에서 꽤 떨어져 있는 데다 푸른 숲과 나무들에 둘러싸여 있어 얼핏 보기에도 쾌적한 곳이었습니다. 널찍한 마당을 갖춘 별장이었습니다. 복도와 거실, 방들은 나름대로 아름다웠고 멋진 그림들로 장식되어 있었습니다. 정원도 훌륭했고 우물에서는 신선한 물이 솟아나고 있었으며 고급 포도주를 저장해둔 지하 창고도 있었습니다.

도착해서 자리를 잡자마자 먼저 입을 연 사람은 누구보다 쾌활한 청년 디오네오였습니다.

"부인들, 저는 정말 아무 생각 없이 여러분을 따라 여기까지 온 거랍니다. 생각 따위는 저 도시를 떠나면서 두고 왔습니다. 여기서는 저와 함께 웃고 노래하며 즐기시기 바랍니다."

그러자 팜피네아가 즐거움에 가득 찬 목소리로 말했습니다.

"디오네오 님, 말씀 잘하셨어요. 다들 즐겁게 지내도록 해요. 바로 그것이 우리가 도시를 떠난 이유잖아요. 하지만 슬픔에서 벗어나려 해도 절도가 있어야 해요. 이 모임을 제일 먼저 생각한 게 저니까 제 생각을 또 말씀드릴게요. 저는 우리가 계속해서 즐겁게 지내려면 어떻게 해야 할지 곰곰 생각해보았어요. 그러자, 우리가 그냥 이렇게 지낼 게 아니라 대표 한 분을 반드시 뽑아야겠다는 생각이 들더군요. 한 분을 대표로 선출하면 우리는 그분을 왕으로서 존경하고 따르도록 해요. 그분은 우리가 즐겁게 지낼 수 있도록 지혜를 베풀어주시고요.

하지만 왕의 자리는 늘 고독하잖아요? 한 분에게만 그 무거운 짐을 지을 수는 없어요. 또 우리 중에 왕 자리를 얻지 못해 불평하는 분이 생길 수도 있고요. 그러니 우리 돌아가면서 왕을 맡도록 해요. 첫 번째 왕은 선출을 하고 저녁 시간에 그분이 다음 왕을 지명하도록 하면 어때요?"

모두 그녀의 말에 박수를 쳤고 팜피네아가 첫 번째 여왕으로 선출되었습니다. 언제나 재빠른 필로메나는 재빨리 월계수 나뭇가지를 꺾어 오더니 멋진 월계관을 만들어 팜피네아의 머리에 씌워주었습니다. 관리자와 통치자로서 권위의 상징이 생긴 셈이었지요.

팜피네아는 여왕이 되자 세 청년이 데려온 하인들과 하녀들에게 각각 직책을 주었습니다. 집사와 회계, 침실 일, 부엌일, 거실 일 등을 맡아 할 하인들과 하녀들이 결정되자 다들 팜피네아를 칭송했습니다.

첫날 그들은 자유롭게 정원을 거닐면서 이야기를 나눈 후 점심 식사를 했습니다. 그리고 휴식을 취한 뒤 오후 세 시에 다시 정원에 모였습니다. 풀밭에 둘러앉은 그들에게 여왕이 말했습니다.

"오후가 되니까 매미 소리가 들리고 매우 덥군요. 이렇게 더우니 이리저리 옮기지 말고 여기 그냥 있는 게 제일 좋을 것 같아요. 제가 제안을 하나 하죠. 우리 매일 더운 오후 시간은 각자 재미있는 이야기를 하나씩 하면서 보내는 게 어떨까요? 다 함께 즐길 수 있잖아요."

모두 여왕의 제안에 찬성했습니다. 그러자 여왕은 자기 오른

편에 앉은 판필로에게 먼저 이야기를 들려달라고 상냥하게 청했지요. 판필로가 곧바로 이야기를 시작했고 모두 귀를 기울여 그 이야기를 들었습니다.

첫
번
째
날

첫 번째 날 이야기 1

친애하는 부인들! 첫 이야기니까 만물을 창조하신 하느님의 거룩하고 위대한 이름으로 시작하는 것이 옳겠지요. 저는 바로 하느님의 놀라운 역사하심에 대한 이야기로 시작하겠습니다.

이탈리아 사람인 무쉬아토 씨는 프랑스에서 상인으로 이름을 날리며 엄청난 부를 쌓은 사람이지요. 어느 날 프랑스 왕이 교황의 부름을 받아 이탈리아 토스카나로 가게 되었을 때 그가 왕을 수행하게 되었습니다. 상인이라면 늘 그렇듯이 오랫동안 먼 길을 떠나게 되면 벌여놓은 일들을 대충이라도 정리하고 대신 일을 맡아 할 사람을 구하기 마련이지요.

다른 일은 다 조정이 되었지만 부르고뉴 사람들에게 빌려준 돈을 받아내는 사람을 찾는 게 골칫거리였습니다. 부르고뉴 사람들이 워낙 드세서 그런 자들을 능히 이겨낼 만한 사람을 구하는 게 쉽지가 않았지요. 게다가 자기가 믿을 수 있는 사람이라야 하지 않겠어요?

고민 끝에 문득 자신의 집에 드나들던 체파렐로 다 프라도라고 하는 이탈리아 사람이 떠올랐습니다. 몸집이 자그마하고 옷차림이 말쑥한 자였지요. 프랑스 사람들은 그를 차펠레토라고 불렀지요.

그가 어떤 사람이었는지 한번 들어보시기 바랍니다. 그는 공증인이었는데 그가 가지고 있는 서류 가운데 진짜는 하나도 없었습니다. 만일 자기에게 가짜가 아닌 게 있다고 한다면 자기 명예가 훼손되었다고 생각할 만한 사람이었지요. 그는 온갖 허위 서류를 부탁받아 만들어주었는데 수수료 받는 것보다 그 일 자체를 더 좋아하는 사람이었습니다. 아마 거짓을 그렇게 사랑하는 사람도 찾아보기 힘들 겁니다.

차펠레토 씨는 하느님과 성인들에게 상스러운 욕설을 늘어놓기 일쑤였으며 성당에는 한 번도 가본 적이 없었습니다. 게다가 다혈질이어서 작은 일에도 성질을 부리곤 했지요. 그뿐인가요? 여자라면 뼈다귀를 발견한 개처럼 침을 질질 흘리며 뒤쫓아 다녔고 도둑질도 서슴지 않았어요. 한마디로 이 세상 사람들 중에서 가장 저질이라고 보면 됩니다.

차펠레토에 대해 잘 알고 있던 무쉬아토 씨는 그자라면 거친 부르고뉴 사람들을 충분히 상대할 수 있다고 생각했습니다. 그래서 그를 불러서 말했습니다.

"차펠레토 씨, 알다시피 내가 당분간 이곳을 떠나 있게 되었소. 그런데 처리할 문제가 좀 남아 있소. 부르고뉴 사람들에게 돈을 빌려주었는데 당신이 그 돈을 대신 받아주어야겠소. 내 사례비는 넉넉히 주리다."

당장 하는 일도 없었고 살림살이도 어려웠던 차펠레토 씨는 기꺼이 그 일을 맡았지요. 무쉬아토 씨가 이탈리아로 떠나자 그는 위임장을 들고 아무 연고도 없는 부르고뉴로 향했습니다. 그곳에서 그는 평소 무쉬아토 씨를 존경하던 피렌체 출신 형제의 집에 묵었습니다. 형제는 차펠레토 씨가 어떤 사람인지 잘 알고 있었습니다. 그렇지만 차펠레토 씨는 마치 자신의 본래 성질은 파리에 두고 온 양, 평상시와는 아주 다른 모습으로 의젓하고 고상하게 행동했습니다. 그러고는 목표를 채우기 위해 빚을 받아내기 시작했습니다.

그런데 문제가 덕컥 생기고 말았습니다. 차펠레토 씨가 그만 죽을병에 걸리고 만 것입니다. 당황한 형제는 차펠레토 씨가 누워 있는 방 옆에서 의논을 했습니다.

"이거 정말 난처하게 되었어. 저 친구를 고해성사도 받지 않고 죽게 내버려두면 사람들이 우리를 얼마나 욕하겠어? 하지만 저자가 고해성사를 받으려들겠어? 생전 하느님 욕이나 하고 다녔는데……. 고해성사를 하지 않고 죽으면 어떤 성당에서도 저자의 시신을 받아주지 않을 테니 개처럼 나뒹굴게 될 게 뻔해……. 설사 고해성사를 하려고 한들 무슨 소용이 있겠어? 죄가 너무 많고 무거운데 어느 신부가 저자의 죄를 용서해주겠어? 그러니 저 인간이 죽으면 우리도 이곳에 발붙이고 살기도 힘들 거야. 이거 정말 큰일이네."

그런데 바로 옆방에 누워 있던 차펠레토 씨가 형제의 이야기를 모두 들었답니다. 환자들은 귀가 예민해지기 마련이잖아요. 그는 형제를 불러 말했습니다.

"당신들 나 때문에 걱정하는 모양인데, 전혀 그럴 필요 없소. 살아 있는 동안 하느님께 그토록 많은 불경스러운 짓을 저질렀는데 죽어가는 마당에 한 가지 더 불경스러운 짓을 저지른다고 뭐 대수겠소? 자, 가장 덕망 있고 지위가 높은 수도사를 데려오시오. 모든 걸 나에게 맡겨요. 내가 아주 깔끔하게 일을 처리할 테니 아무 걱정 마시오."

거짓말을 일삼던 자의 말에 형제가 위안을 받았을 리는 없지요. 하지만 죽어가는 자의 말이니 들어줄 수밖에 없었어요. 형제는 덕망 높은 수도사를 찾아가 고해성사를 해달라고 부탁했습니다. 마을 사람들에게 존경을 한 몸에 받는 명망 있는 노인이었습니다.

수도사는 차펠레토 씨의 머리맡에 앉아 고해성사를 한 지 얼마나 되었냐고 제일 먼저 물었습니다. 그러자 평생 동안 고해성사 따위는 한 번도 해보지 않은 차펠레토 씨가 그 말을 받아 답했습니다.

"신부님, 일주일에 한 번씩 고해성사를 하지 않으면 밥을 먹을 수도 없는 정도였습니다. 더 자주 한 적도 많지요. 그러나 솔직히 병에 걸린 이후로는 일주일 가까이 하지 못했습니다."

"참 잘하셨습니다. 그렇게 자주 고해성사를 했으니 내게 묻거나 들을 말이 별로 없겠군요."

"신부님, 무슨 말씀이십니까? 제가 세상에 태어나서 지은 죄를 깡그리 고백하고 죽는 게 제 소망입니다. 그러니 제발, 제가 단 한 번도 고해성사를 안 한 것처럼 여기시고 무엇이든 차근차근 물어봐주세요."

덕망 높은 수도사는 참으로 믿음이 큰 사람이라고 생각했습니다. 그를 칭찬한 후 수도사는 찬찬히 질문을 시작했습니다. 우선 신부는 여자와 음탕하게 놀아난 적이 있느냐고 묻는 것으로 고해성사를 시작했습니다. 그러자 차펠레토 씨가 한숨을 내쉬며 대답했습니다.

"신부님, 저는 어머니 배 속에서 나온 그대로 순결을 간직하고 있습니다. 저는 숫총각입니다."

"오, 하느님의 축복을 그대에게! 어쩜 그리 순결하게 살아올 수 있었단 말인가요? 우리처럼 율법이 가로막는 것도 아니건만……. 참으로 가상한 일입니다."

이어서 탐식의 죄로 하느님을 욕되게 한 일은 없느냐고 물었습니다. 차펠레토 씨는 한숨을 내쉬며 일 년에 적어도 한 번은 단식을 했고 한 주에 적어도 사흘은 먹지도 마시지도 않는데 익숙하다고 대답했습니다. 그러면서 단식을 하는 도중에 음식에 마음이 끌리는 죄를 지었다고 고백했습니다. 그러자 수도사가 대답했습니다.

"그런 죄는 정말 하찮은 것이지요. 그 때문에 괴로워할 필요 없어요. 아무리 덕망 높은 사람도 단식 중에는 음식에 마음이 끌리는 법이라오."

그리고는 혹시 분수에 넘치는 것을 바라거나 돈에 탐욕을 부려

본 적은 없는가 물었습니다. 차펠레토 씨는 이렇게 대답했지요.

"신부님, 제가 대부업자 집에 신세를 지고 있다고 저를 그렇게 생각하시는군요. 저는 그런 사람들을 경계하고 훈계하려고 여기 묵고 있답니다. 한 가지만 말씀드리겠습니다. 아버지가 남겨주신 막대한 유산을 자선사업에 다 쏟아붓는 바람에 그만 몽땅 날리고 말았답니다. 먹고살기 위해 장사를 했지만 절반만 제 생활비로 쓰고 나머지 절반은 모두 가난한 사람들에게 나누어 주었습니다."

"참 잘하셨습니다. 그렇다면 혹시 가끔이라도 화를 내보신 적은 없나요?"

"아, 그거요! 분명히 말씀드리지만 저는 화를 자주 냈습니다. 역겨운 짓이나 하면서 하루를 허송하는 사람을 보면 참지를 못했지요. 또 하느님의 가르침을 무시하거나 거역하는 사람을 봐도 화가 치밀었습니다. 젊은 사람들이 흥청망청 놀거나 거짓말을 하는 꼴을 보면 저는 죽지 못해 사는 기분이 들었습니다."

그러자 수도사가 대답했습니다.

"아, 그런 화라면 괜찮습니다. 그런 일로 당신을 회개하라고 할 수는 없지요. 하지만 화가 나서 누구를 죽이거나 헐뜯은 적은 없나요?"

"아니, 신부님! 신부님은 하느님의 사제로서 어떻게 그런 말씀을 하시나요? 그런 일은 살인자나 불한당이나 하는 짓이지요."

"그럼 말씀해보세요. 혹여 누군가를 비난했던 적은 없나요?"

"딱 한 번 있습니다. 이유도 없이 매일 자기 마누라를 패는 이웃이 있었는데 그 여자 친척에게 그자를 비난한 적이 있었습니다. 그 여자가 정말 너무 불쌍했거든요."

"아하, 그렇군요. 장사를 하셨다고 했지요? 장사꾼은 남들을 속이기 마련인데 혹시 그런 적은 없나요?"

"분명히 있었습니다. 누군지는 모르겠는데 옷감을 팔고 받은 돈을 그냥 돈궤에 넣어두었던 적이 있지요. 한 달쯤 지나서 보니, 아 글쎄, 제가 돈을 약간 더 받은 게 아니겠어요? 그래서 그걸 돌려주려고 일 년을 기다리다가 다시 만나지 못해 거지에게 주어버렸습니다."

덕망 높은 수도사는 그 외에도 여러 가지를 물었지만 매번 비슷한 대답이 나왔지요. 수도사는 이제 그만 죄를 사해주어야겠다고 생각했습니다. 그때 차펠레토 씨가 말했습니다.

"신부님, 아직 고백하지 않은 죄가 몇 가지 더 있습니다."

수도사가 뭐냐고 묻자 그가 대답했습니다.

"언젠가 안식일을 제대로 지키지 않는 죄를 지었습니다. 토요일 오후에 하인들에게 집 청소를 시켰거든요. 또 별생각 없이 하느님의 집에서 침을 뱉은 적이 있습니다."

말을 마친 차펠레토 씨는 한숨을 짓더니 울음을 터뜨렸습니다. 그는 마음만 먹으면 얼마든지 우는 척할 수 있는 자였으니까요. 아니죠. 우는 척하는 정도가 아니라 진짜로 울음을 터뜨릴 수 있는 자였지요. 수도사는 이제 더 이상 고해할 것이 그에게 남아 있을 리 없다고 생각하고 그의 죄를 사해주고 축복을 내렸습니다. 그가 성인에 가까운 사람이라고 생각한 거지요. 죽어가는 사람이 그런 식으로 말을 하는데 누가 믿지 않겠습니까? 수도사는 차펠레토 씨를 성당에 묻어주겠다는 약속까지 했습니다.

고해성사를 한 바로 그날 저녁 차펠레토 씨는 세상을 떴습니다. 그의 고해성사를 들은 수도사는 수도원장과 의논한 끝에 수도원의 종을 울려 모든 수도사를 한데 모았습니다. 그는 성자이니 최고의 경의를 갖추어 그의 주검을 모셔야 한다고 설득한 것입니다.

다음 날 성대한 의식이 거행되는 가운데 그의 시신이 성당으로 옮겨졌습니다. 마을 사람들 대부분이 뒤를 따랐지요. 그의 시신이 성당에 안치되자 덕망 높은 수도사가 단상에 올라가 그가 얼마나 훌륭한 사람인지 설교를 했습니다. 그의 순결함, 순박함, 고매한 덕성을 소리 높여 칭송한 후 모두 그를 본받으라고 충고를 했습니다.

미사가 끝나자마자 대혼란이 일어났습니다. 저마다 나서서 차펠레토 씨의 시신에 입을 맞추려 했기 때문이지요. 그러다 보니 시신에게 입힌 옷이 다 찢겨 나갔습니다. 그의 옷자락 한 조각이나마 움켜쥔 사람들은 마치 천국에라도 들어선 것처럼 기뻐했습니다. 사람들이 하도 몰려드는 통에 그의 시신은 사람들이 모두 와서 볼 수 있게끔 하루 종일 안치되어 있었습니다. 그리고 그날 밤 그의 시신은 대리석 관에 영예롭게 안장됐습니다. 그러자 다음 날부터 사람들이 몰려들기 시작했습니다. 모두 촛불을 들고 그를 위해 기도하기 시작한 거지요. 사람들은 그의 시신에 봉헌을 하고 밀랍으로 만든 성상들로 제단을 꾸몄습니다.

차펠레토 씨가 성자라는 소문은 놀랄 만큼 빨리 퍼져 나갔습니다. 사람들은 어려운 일을 겪을 때마다 그의 보살핌을 기원했습니다. 그 결과 사람들은 그를 성 차펠레토라고 부르게 되었으며 지금도 그렇게 부르고 있습니다. 체파렐로 다 프라도 씨는 그런 식으로 살다가, 죽어서 성인이 되었습니다.

　저는 하느님께서 그자를 용서하시고 축복을 내리셨을지 아니면 그자가 지옥에서 악마의 손아귀에 붙잡혀 있을지 궁금합니다. 그저 겉으로 드러난 것만 가지고 본다면 지옥에서 벌 받고 있는 게 당연하겠지만 저세상의 일을 우리가 어찌 알 수 있겠습니까? 모두 하느님의 섭리대로 이루어질 것이니 경건하게 기도를 계속할 따름입니다.

　판필로의 이야기에 다들 푹 빠졌습니다. 모두가 열중하던 판필로의 이야기가 끝나자 이번에는 필로메나가 이야기를 시작했습니다.

첫 번째 날 이야기 2

하느님과 신앙에 관한 이야기를 들었으니 저는 사람들 사이에서 벌어진 이야기를 해보겠어요. 우리는 살면서 여러 사람에게서 여러 가지 질문을 받게 되지요. 그리고 어리석은 대답을 하는 바람에 생각지도 못한 불행에 빠지는 사람이 참 많아요. 반대로 지혜로운 대답을 해서 큰 위험에서 빠져나오는 경우도 있고요. 저는 지혜 덕분에 위기에서 빠져나와 위안을 얻게 된 이야기를 짤막하게 해드리겠어요.

살라디노는 미천한 신분으로 태어나 바빌로니아의 술탄 자리에까지 오른 사람이지요. 아주 용맹한 사람이어서 전쟁에서 큰 공을 여러 번 세운 사람이랍니다. 하지만 거듭되는 전쟁과 사치스러운 생활 때문에 재산이 완전히 거덜 나고 말았어요.

그런데 그에게 아주 큰돈이 필요한 일이 생겼습니다. 급히 마련해야 하는 돈이었지만 구할 길이 막막했습니다. 그때 그의 머리에 이름이 하나 떠올랐습니다. 부유한 유대인 멜키세덱으로 알렉산드리아에 사는 고리대금업자였습니다. 돈은 많지만 인색하다고 소문이 나서 그 정도의 돈을 선뜻 빌려줄 것 같지 않았습니다. 급하면 우선 힘에 의지하고 볼 일. 그는 결국 권력을 이용하기로 마음먹었습니다.

살라디노는 멜키세덱을 불러 후하게 대접하고 나서 말했습니다.

"그대는 훌륭한 사람이라고 내가 들었소. 게다가 모르는 것도 없고 아주 현명하다고들 하더군. 그래서 내가 그대에게 진심으로 묻겠소. 유대교와 이슬람교, 기독교 가운데 어느 것이 가장 진실한 종교라고 생각하오?"

물론 말꼬리를 잡아 그를 얽어매려는 속셈이었지요. 그런 다음 돈을 요구하려는 계산이었습니다. 금방 그 속셈을 알아차린 멜키세덱은 이렇게 대답했습니다.

"전하! 참으로 훌륭하고 중요한 질문을 하셨습니다. 제 생각을 말씀드리기 전에 제가 짧은 이야기를 전하께 들려드릴까 합니다.

엄청난 부자가 한 명 있었습니다. 물론 보석도 많았지요. 그 중에는 가보로 내려오던 반지가 하나 있었습니다. 그 반지를 물려받은 아들이 상속자가 되는 게 집안의 전통이었습니다.

그런데 그 부자에게는 아들이 셋 있었습니다. 아버지는 세 아들을 모두 똑같이 사랑했습니다. 반지에 얽힌 전통을 알고 있던 아들들은 저마다 그 반지가 자신에게 오기를 바랐습니다. 하지만 세 아들을 똑같이 사랑한 아버지는 누구를 선택할지 도무지 판단할 수가 없었지요. 할 수 없이 아버지는 솜씨 좋은 장인을 시켜 똑같은 반지를 두 개 더 만들었습니다. 그리고 임종이 가까워지자 아들들이 서로 모르게 셋 모두에게 반지를 주고 말았습니다.

아버지가 돌아가시자 세 아들은 각자 지니고 있던 반지를 꺼내 보이며 자신이 상속자라고 주장했습니다. 하지만 세 반지는 너무 똑같았습니다. 그래서 누가 아버지의 후계자인지는 아직도 해결되지 않았다고 합니다.

전하! 전하께서는 세 민족이 하느님 아버지에게서 받은 세 율법에 대해 물으셨습니다. 저는 이렇게 말씀드리고 싶습니다. 그 셋은 저마다 정통성이 있습니다. 각자 진정한 법도를 이어받아 그 법도에 따라 정당하게 살아가고 있습니다. 그러나 제가 말씀드린 이야기의 반지처럼 어느 것이 진정으로 진실한 종교인가 하는 문제는 아직도 해결되지 않은 채로 남아 있습니다."

살라디노는 머리를 탁 쳤습니다. 그리고 이런 지혜로운 사람에게는 차라리 솔직하게 모든 것을 털어놓는 게 낫겠다고 생각했습니다. 덧붙여 그가 현명한 답을 내놓지 못할 경우 어떻게 하려고 했는지도 털어놓았지요. 그러자 멜키세덱은 왕이 필요로 하던 돈을 빌려주었습니다. 물론 왕은 나중에 다 갚았지요. 게다가 원금 이상의 보상까지 해주었습니다. 그뿐 아니라 멜키세덱을 항상 친구로서 대했으며 명예로운 지위도 주었답니다. 늘 자기 곁에 머물게 한 것은 물론이고요.

필로메나의 재치 있는 이야기가 끝나자 이번에는 피암메타가 이야기를 이었습니다.

첫 번째 날 이야기 3

지혜로운 임기응변의 힘은 참 크지요. 정말 재미있게 들었어요. 저는 다른 이야기를 해드리려고 해요. 남자건 여자건 자기보다 신분이 높은 상대를 사랑하게 되는 경우가 많지요. 신분이 높은 상대가 자신에게 사랑을 고백하는 경우도 있고요. 하지만 그런 상대방의 사랑을 받아들일 때 아주 조심해야 한답니다. 저는 어느 귀부인이 어떻게 현명하게 상대방의 마음을 돌려놓을 수 있었는지 지금부터 여러분께 이야기를 들려드리겠어요.

교황청의 행정장관인 몬페라토 후작은 십자군 원정도 다녀온 명망 높은 분이었어요. 그 명성이 어찌나 자자했던지 프랑스 필리프 왕의 귀에까지 들어갈 정도였지요. 필리프 왕이 사팔뜨기였던 건 다 아시지요? 그런데 필리프 왕의 귀에 후작의 명성만이 아니라 그 부인의 명성까지 함께 전해졌답니다. 더없이 아름답고 고결한 여자라는 말을 들은 거지요. 필리프 왕은 마음이 혹했답니다.

그런데 당시 필리프 왕은 파리에서 십자군을 조직하고 있었어요. 그는 원정을 가는 길에 반드시 제노바 항에서 배를 타고 가리라고 결심했어요. 제노바까지 가는 동안 적당한 구실을 만들어 후작 부인을 한번 만나보려는 심산이었지요. 마침 후작이 멀리 출타 중이었거든요. 왕은 후작의 영지가 가까워오자 부인에게 다음 날 아침 식사를 함께 하자는 전갈을 보냈습니다.

필리프 왕의 전갈을 받은 후작 부인은 최고의 영광이라며 기꺼이 왕을 맞이하겠다고 친절하게 답을 보냈지요. 그러나 한편으로는 왜 하필 남편이 없는 사이에 왕이라는 사람이 자신을 만나자고 하는지 의아하기도 했어요. 혹시 왕이 자신의 미모에 관한 소문에 끌려서 보자고 한 것은 아닌가 하는 의심이 들기도 했고요.

그녀는 열심히 왕을 맞이할 준비를 했답니다. 그러고는 암탉을 여러 마리 잡아서 온갖 요리를 만들라고 요리사들에게 지시했어요. 모두 왕의 식탁에 올릴 요리들이었지요.

이윽고 다음 날 왕 일행이 영지에 도착했어요. 후작 부인은 예를 다해 왕을 맞아들였어요. 집 안은 온통 잔치 분위기였지요. 필리프 왕은 부인을 보자마자 열정에 불타올랐답니다. 자신이 상상했던 것보다 훨씬 아름답고 기품 있었기 때문이지요. 왕은 입에 침이 마르도록 부인을 칭찬했어요.

접견이 끝나자 일행은 식탁으로 자리를 옮겼어요. 신하들도 신분에 따라 각자 자리를 잡고 앉았지요. 수많은 음식과 값비싼 포도주 대접을 받으며 너무나 아름다운 후작 부인을 바라보고 있자니 왕은 행복하다 못해 황홀할 정도였어요. 그런데 열심히 음식을 먹던 왕은 갑자기 이상한 생각이 들었어요. 나오는 요리 종류는 달랐지만 재료는 모두 암탉이었기 때문이지요. 그래서 부인을 돌아보며 웃는 낯으로 농담처럼 말했답니다.

"부인! 이 근처엔 암탉만 있고 수탉은 한 마리도 없나 보군요!"

그러자 부인이 온화한 얼굴로 답했지요. 자신의 의도를 속 시원히 보여줄 질문을 왕이 했으니 내심 기쁘기도 했답니다.

"그럴 리가 있겠습니까, 전하! 제가 감히 말씀드리겠습니다. 여자란 복장이나 신분에 따라 여러 가지 차이가 나고 사람 자체가 달라지는 것 같지만 실제로는 다 마찬가지랍니다."

그 말을 들은 왕은 부인이 암탉만으로 식탁을 차려낸 이유를 충분히 알아차렸습니다. 그리고 이런 지혜와 용기를 지닌 부인이라면 어떤 식으로 유혹하거나 협박해도 전혀 먹히지 않으리라는 것을 알았지요. 왕은 자신이 얼마나 분별없었는지도 깨달았어요. 이런 부인을 두고 수작을 부리려고 했다니! 왕은 부인의 입에서 무슨 말이 더 나올지 두려웠답니다. 그래서 농담 한마디도 못 하고 식사만 했지요. 그리고 식사가 끝나자마자 성호와 함께 부인에게 감사의 말을 전하고는 황급히 제노바를 향해 출발했답니다.

첫 번째 날 이야기 4

모든 사람의 이야기가 끝나고 이제 엘리사만 남았습니다. 엘리사는 아주 짧은 이야기를 들려주겠다며 말을 꺼냈습니다.

우리는 살면서 제발 저 사람이 확 좀 바뀌었으면 하고 바라는 경우가 있지요? 하지만 주변 사람들이 아무리 충고를 하고 책망을 해도 전혀 나아질 기미를 보이지 않을 때가 많아요. 그런데 아주 우연한 기회에 무심코 들은 한마디 때문에 다른 사람이 되어버리는 경우가 종종 있답니다. 저는 그런 이야기를 아주 짤막하게나마 해드릴까 해요.

제가 들려드릴 이야기는 키프로스 초대 국왕 시절 그곳에서 있었던 일이랍니다. 당시 프랑스의 어느 귀부인이 예수 그리스도의 묘지를 순례하고 돌아오다가 키프로스섬에 들르게 되었답니다. 그런데 그만 그곳의 불한당들에게 아주 심한 모욕을 당했어요. 부인은 너무나도 분한 나머지 국왕에게 탄원을 하려고 했어요. 하지만 주변에서 다 소용없는 짓이라며 말렸답니다. 왕이 얼마나 소심한 인물인지 자신이 받은 모욕조차 그냥 비굴하게 참아내는 인물이라는 거였어요. 누구나 왕을 업신여기고 그것도 모자라 대놓고 비난을 하거나 창피를 줄 정도였답니다.

부인은 복수를 하겠다는 희망은 접었어요. 대신 왕을 만나 분풀이라도 해서 부글부글 끓는 속을 좀 가라앉히려고 했지요. 그녀는 왕 앞에 가서 눈물을 흘리며 말했답니다.

"전하, 제가 이런저런 모욕을 당했답니다. 하지만 복수를 해 달라고 전하를 뵈러 온 것은 아닙니다. 그저 위안이나 삼으려고 온 것입니다. 전하, 감히 여쭙겠습니다. 전하는 그동안 수없이 많은 모욕을 받으신 것으로 알고 있습니다. 그 갖가지 모욕을 어떻게 견디실 수 있었는지 전하께 가르침을 받고자 합니다. 그러면 저도 전하를 본받아서 제가 받은 모욕을 참을 수 있을 것 같습니다. 솔직히 말씀드린다면 제가 받은 모욕을 전하께 전해드리고 싶은 심정입니다. 전하라면 얼마든지 참아내실 수 있을 테니까요."

그 말을 들은 왕은 마치 잠에서 깨어난 것처럼 사람이 달라졌답니다. 먼저 그 부인을 모욕한 자들을 엄벌에 처한 거지요. 그리고 이후로는 자신의 명예에 조금이라도 흠집이 가는 짓을 하는 자들은 엄하게 다스렸다고 합니다.

모든 사람의 이야기가 끝나갈 무렵 어느새 석양이 드리웠습니다. 여왕이 자리에서 일어나더니 필로메나를 새로운 여왕으로 지목했습니다. 여왕으로 지목된 필로메나는 다음 날부터 할 이야기의 주제를 정하는 것이 어떻겠느냐고 제안했고 모두 받아들였습니다. 다음 날의 주제는 '온갖 인생의 쓴맛을 본 뒤, 결국은 기대 이상의 달콤한 결말을 얻은 이야기'로 정했습니다.

다음 날 이야기 주제가 정해진 뒤 다들 시냇가로 산책을 나갔습니다. 산책을 마치고 돌아와 저녁을 먹은 후 여왕은 악기를 내오라고 했습니다. 여왕의 요청에 따라 디오네오가 악기를 연주하고 모두 둥글게 손잡고 춤을 추었습니다. 에밀리아는 사랑스러운 목소리로 반주에 맞추어 노래를 불렀답니다.

두
번
째
날

두 번째 날 이야기 1

이번에는 팜피네아가 이야기를 시작했습니다.

옛날 피렌체에 테발도라는 기사가 살았어요. 그는 큰 부자였고 아들을 셋 두었지요. 그런데 테발도는 큰아들이 열여덟 살 되던 해 그만 세상을 떠났답니다. 막대한 재산을 자기 마음대로 쓸 수 있게 되자 세 아들은 놀고 즐기는 데만 돈을 쓰기 시작했어요. 쓸데없이 많은 하인을 고용하고 값비싼 물건들을 막 사들였지요. 그뿐인가요? 호화로운 잔치를 벌이고 여기저기 닥치는 대로 선물을 하는 등, 암튼 돈 많은 귀족만이 누릴 수 있는 호사란 호사는 다 부렸지요. 그러니 아무리 재산이 많아도 어디 남아나겠어요? 금방 바닥나버렸지요.

형제는 정신이 번쩍 들었습니다. 이대로 가다가는 금방 거지 신세가 될 것 같았지요. 맏이가 형제들에게 제안을 했습니다. 더 험한 꼴 보기 전에 남은 재산을 팔아 어디론가 떠나자는 것이었지요. 세 형제는 피렌체를 떠나 런던으로 갔습니다. 그곳에 작은 집을 한 채 얻고 지출을 최대한 줄이면서 고리대금업을 시작했지요. 운명의 도움을 받았던지 이들은 몇 년 지나지 않아 큰돈을 모을 수 있었답니다.

돈을 벌자 세 형제는 피렌체로 돌아왔지요. 물론 팔아치웠던 재산도 다시 차지했고 각각 아내도 맞아들였어요. 영국에서 성공을 거두게 해준 대금업은 조카뻘 되는 알레산드로를 보내서 대신 맡게 했고요.

그런데 낭비벽은 쉽게 낫는 병이 아닌가 봐요. 그들은 예전에 무분별한 생활의 결과가 어떠했던가를 새까맣게 잊어버렸어요. 그러고는 전보다 훨씬 더 사치스러운 생활을 했답니다. 가만히 있어도 알레산드로가 많은 돈을 보내주었기에 도무지 정신을 차리지 못한 거지요.

하지만 아무리 많은 돈이 들어온들 무슨 소용이 있나요? 썩 젖히는 데는 장사가 없는 법이잖아요. 결국 그들은 피렌체의 상인들에게 막대한 빚을 지게 되었어요. 하지만 영국에서 얼마든지 돈이 들어오겠지 하며 천하태평이었지요.

그런데 영국에서 예상하지 못한 일이 벌어졌답니다. 알레산드로는 귀족들의 성과 재산을 담보로 잡고 그들에게 돈을 빌려주며 사업을 하고 있었지요. 그런데 영국 왕과 왕자 사이에 전쟁이 일어난 거예요. 영국 전체가 둘로 갈라져 싸우는 바람에 알레산드로가 담보로 잡고 있던 재산들이 모두 쓸데없는 폐물이 되어버렸지요. 이자는 물론이고 원금조차 돌려받을 수 없게 된 거지요. 금방 끝날 것 같던 전쟁은 몇 년간 계속되었고요.

사정이 그런데도 형제들은 빚으로 방탕한 생활을 계속했답니다. 하지만 영국에서 돈이 전혀 들어오지 않는데 견딜 재간이 없었지요. 결국 채권자들의 고소로 셋 모두 철창신세를 지게 되었어요.

한편 알레산드로는 이탈리아 귀국길에 올랐어요. 아무리 기다려도 전쟁이 도무지 끝날 것 같지가 않아서였지요. 무턱대고 기다리다가는 목숨까지 위태로워질 수 있으니 빌려준 재산이 아까워도 어쩔 수가 없었답니다.

그가 이탈리아로 돌아오던 중 어느 도시에 들렀을 때 일입니다. 많은 수도사와 하인을 거느린 수도원장이 짐을 가득 싣고 그곳을 떠나는 모습을 보게 되었습니다. 젊은 수도원장은 눈부시게 새하얀 옷을 입고 있었고 얼굴이 여자처럼 아름다웠어요. 짐마차 옆에는 나이 든 기사 두 명이 호위하고 있었는데 마침 알레산드로와 잘 아는 사이였어요. 기사들은 알레산드로를 알아보고 흔쾌히 그들과 동행할 수 있게 해주었어요.

함께 여행을 하면서 알레산드로는 이렇게나 많은 하인을 거느리고 가는 저 수도사들이 누구며 어디로 가는 길이냐고, 기사들에게 슬쩍 물어보았습니다. 기사 한 명이 대답했어요.

"저 앞에 말을 타고 가는 젊은 분은 이번에 영국의 어느 큰 수도원 원장으로 발탁되신 분이라네. 나와 친척 간이지. 그런데 보다시피 너무 젊지 않은가? 교회법에 어긋난다며 반대가 많았지. 그래서 우리가 로마로 모시고 가 교황님께 직접 청원을 드리려 하는 거라네. 쉿! 이 일은 비밀이니 아무에게도 말하면 안 되네."

여행을 하는 동안 알레산드로가 수도원장의 눈에 들어왔어요. 알레산드로는 풍채가 좋고 얼굴이 잘생긴 젊은이였어요. 게다가 누구보다 예의 바르고 세련되었으며 행동거지가 반듯했지요. 수도원장은 무슨 인연에서인지 알레산드로에게 첫눈에 반했답니다. 이전까지는 그 누구에게도 그렇게 끌린 적이 없었는데 말이지요. 그래서 그를 가까이 불러 대화를 나누었지요. 알레산드로는 하나도 숨기지 않고 자신의 처지를 말해주었어요. 수도원장은 그가 하도 조리가 있고 당당해서 비록 고리대금업이라는 천한 일을 하고 있지만 귀족임이 틀림없다고 믿었지요.

여행을 하는 동안 수도원장은 알레산드로에게 점점 더 매료되어갔답니다. 그러던 어느 날 일행은 변변한 여관조차 없는 어느 마을에 들어서서 하루를 묵게 되었어요. 마침 알레산드로가 아는 사람이 그곳에서 숙박업을 하고 있었지요. 알레산드로는 일행을 그 집으로 데려갔답니다. 이제 거의 그 일행의 집사같은 처지가 된 데다 워낙 부지런했던 그는 수도원장과 수도사들은 물론 하인들에게까지 방을 골고루 잡아주었어요.

그런데 이를 어째, 정작 자기가 잘 방은 구하지 못한 거예요. 알레산드로는 주인에게 자기는 어디서 자면 되겠냐고 물었어요. 그러자 주인이 대답했어요.

"사실 나도 모르겠네요. 아시다시피 방이 꽉 차버려서 우리식구들도 의자에서 자야 할 판이니. 다만 수도원장님 방에는 곡물을 저장하는 궤짝이 하나 있으니 그곳에라도 대충 잠자리를 마련해드릴 수 있습니다. 불편하시더라도 거기서 오늘 밤을 나시는 건 어떨까요?"

그러자 알레산드로가 대답했어요.

"내가 어떻게 원장님 방으로 갈 수 있겠어요? 아, 무슨 좋은 방법이 없을까?"

"이제 원장님도 잠드셨고 원장님 침대 주변에 커튼도 쳐놓았으니 살며시 누우면 될 거예요. 내가 이불을 갖다드릴 테니 거기서 주무세요."

알레산드로는 그렇게 하면 원장님에게 불편을 드리지 않을 거라 생각하고 승낙했습니다. 그리고 되도록 숨을 죽이며 곡물 궤짝 위에 몸을 뉘었지요.

그런데 수도원장은 아직 잠이 들지 않았답니다. 주인과 알레산드로가 주고받은 이야기를 다 들은 거지요. 알레산드로가 같은 방에서 잠을 자게 되었다는 것을 안 수도원장은 속으로 생각했어요.

"하느님께서 내 뜻을 이룰 기회를 주신 거야. 이때를 놓치면 앞으로 이런 기회가 오지 않을 거야."

이윽고 밤이 깊었습니다. 여관 전체가 조용해지자 수도원장은 나지막한 목소리로 알레산드로에게 자기 옆에 와서 누우라고 말했습니다. 처음에는 황송해서 사양했지만 결국 수도원장의 말을 따를 수밖에 없었어요.

그런데 수도원장의 옆에 누운 알레산드로는 깜짝 놀라고 말았습니다. 수도원장은 남자가 아니라 여자였던 거예요. 수도원장이 알레산드로에게 자초지종을 이야기해주었어요.

"그래요, 나는 남자가 아니라 여자예요. 교황님께 결혼 주선을 부탁드리려고 가는 길이에요. 그런데 요 며칠 당신을 보면서 당신을 뜨겁게 사랑하게 되었어요. 당신에게는 행복이 되고 나에게는 불행이 될지 몰라요. 정말 나처럼 뜨거운 사랑을 느껴본 여자는 없을 거예요. 나는 당신을 남편으로 삼기로 작정했어요. 나를 아내로 삼을 생각이 없다면 지금 당장 당신 침대로 돌아가세요."

알레산드로로서는 마다할 이유가 없었습니다. 수도원장을 볼 때마다 어쩜 저렇게 아름답게 생긴 남자가 있을까 하며 감탄을 했었거든요. 그런데 여자라니! 게다가 수많은 수행원을 거느린 지체 높은 여자라니! 아, 그런 여자가 자기에게 청혼을 하다니! 알레산드로가 그녀의 제안을 받아들이자 그녀는 그리스도 상이 새겨진 작은 탁지 앞에서 그에게 반지를 끼워주며 결혼을 약속했습니다.

일행은 여러 날 후 로마에 도착했습니다. 그곳에서 며칠을 묵은 뒤 수도원장은 두 사람의 기사와 알레산드로만 데리고 교황을 알현했어요.

수도원장은 공손하게 예를 갖춘 후 말했습니다.

"교황님, 저는 제 마음이 시키는 대로 정직하게 살고 싶어 이렇게 교황님을 뵈러 온 것입니다. 제 아버지이신 영국 왕의 뜻을 따르게 되면 저는 제가 원하지 않는 사람과 결혼할 수밖에 없습니다. 아버지는 저에게 늙은 스코틀랜드 왕과 결혼하라고 하셨거든요. 저는 교황님께 제 남편을 골라주시고 인도해주시길 부탁드리려고 이런 복장으로 비밀리에 도망쳐 나온 거랍니다. 그런데 하느님께서 이미 당신의 뜻대로 남편감을 제게 데려다주셨습니다. 이 청년이 바로 그 사람입니다."

수도원장은 알레산드로를 가리킨 다음 말을 이었습니다.

"이 사람은 분명 왕가의 혈통이 아닙니다. 하지만 품성만은 그 누구보다 고결합니다. 교황님, 간절히 청하옵건대 하느님께서 기쁘게 마련해주신 우리의 만남을 교황님께서 허락해주십시오. 저희가 죽을 때까지 하느님과 교황님의 은혜에 감사하며 살아갈 수 있도록 축복해주십시오."

알레산드로는 자기 부인이 영국 왕의 딸이라는 이야기를 들고 너무 놀랐습니다. 그리고 너무 기뻤습니다.

교황은 놀랍기는 했지만 이미 돌이킬 수 없는 일이라고 생각하여 날을 정해 두 사람의 결혼식을 열어주었습니다. 결혼식 날 멋지게 차려입은 알레산드로의 모습을 본 사람들은 그 풍채며 태도가 왕족에 조금도 뒤처지지 않는다고 입에 침이 마르도록 칭송했답니다.

뒷이야기가 궁금하다고요? 당연히 해드려야지요. 알레산드로와 공주는 우선 피렌체로 갔답니다. 세 형제의 빚을 모두 갚아주고 재산도 찾아주었지요. 그러고는 파리를 거쳐 영국으로 갔어요. 처음에는 노여워하던 왕도 알레산드로를 만나 이야기를 나누어보고는 성대한 잔치를 베풀어 환영했답니다. 뒷날 알레산드로는 왕과 왕자를 화해시켜 전쟁을 끝내게 해주었지요. 워낙에 지혜로운 사람이었거든요. 들리는 말로는 그가 나중에 스코틀랜드를 정복하고 명예로운 왕이 되었다고도 하던데…… 사실 여부는 여러분 판단에 맡기겠어요.

두 번째 날 이야기 2

팜피네아의 이야기를 모두 재미있게 들었습니다. 이번에는 여왕의 요청에 따라 에밀리아가 새로운 이야기를 시작했습니다.

고통 끝에 행복한 결말을 맺는 이야기를 들으면 각자 타고난 운명에 대해 생각하게 되지요. 하지만 누구나 항상 고통만 겪게끔 되어 있지 않은 게 우리 삶인 것 같아요. 불행과 행복이 교대로 찾아오는 건 누구에게나 공통되는 운명이지요. 저도 엄청난 고통을 겪은 후에 행복을 찾은 이야기를 해드리겠어요.

황제 페데리코 2세가 죽은 후 만프레디가 시칠리아 왕에 오른 건 다들 알고 계시지요? 그의 측근 중에 나폴리 출신의 아리게토 카페체라는 귀족이 있었어요. 그는 시칠리아에서 대단

한 영향력을 지니고 있었지요. 사실상 그가 시칠리아를 지배하고 있었다 해도 과언이 아니에요. 그의 아내 이름은 베리톨라 카라치올로였는데 역시 나폴리 출신이었지요.

그런데 카를로 1세와 만프레디 사이에 전투가 벌어져 만프레디가 죽고 말지요. 시칠리아는 카를로 1세의 통치로 넘어가고 아리게토는 투옥이 되고 만답니다. 그러자 아내 베리톨라는 임신한 몸으로 작은 배에 몸을 싣고 그때 여덟 살이던 아들 주프레디와 함께 리파리로 도망칩니다. 남편이 살았는지 죽었는지 생사조차 알지 못했습니다. 그곳에서 부인은 아이를 낳아 이름을 스카치아토라고 지었어요. 그리고 유모를 구해 아이 둘을 데리고 다시 나폴리를 향해 배를 띄웁니다. 가족들과 만나려는 바람에서였지요.

그런데 예기치 않은 일이 벌어졌습니다. 바다에서 풍랑을 만난 거지요. 배는 나폴리로 가지 못하고 폰차라는 섬으로 떠내려가고 말았어요. 베리톨라는 잠시 짬을 내서 섬 위로 올라갔습니다. 한적한 곳에 혼자 앉아 남편 걱정을 하며 슬픔을 달래기 위해서였지요. 그런데 그 사이에 해적선이 나타나 사람들을 모두 잡아가버리고 말았답니다. 졸지에 부인 혼자 섬에 남게 된 것이지요.

부인은 아이들과 유모가 모두 사라진 것을 알고 기절했다가 겨우 깨어났지요. 그래도 겨우 정신을 차리고 동굴을 찾아 몸을 뉘었답니다. 밤새 울다가 부인은 잠이 들었어요. 다음 날 깨어난 부인은 전날 아무것도 먹지 못했기에 허기를 못 이기고 풀을 뜯어 먹었어요. 그런데 암사슴 한 마리가 눈에 띄었어요. 사슴은 어느 동굴로 들어가더니 잠시 후 나와서 숲으로 사라졌어요. 부인은 일어나 동굴로 들어가보았지요. 그랬더니 그날 낳은 것으로 보이는 새끼 사슴 두 마리가 있었어요. 세상에, 정말이지 그토록 예쁘고 귀여운 것들이 또 있을까요? 부인은 출산한 지 얼마 되지 않았기에 아직 젖이 마르지 않았지요. 부인은 새끼 사슴들을 부드럽게 안아 젖을 물렸어요. 새끼 사슴들은 주저 없이 젖을 빨았지요. 그 이후 새끼 사슴들은 자기 어미와 부인을 구별하지 않고 따랐답니다. 부인은 마치 새로운 가족이라도 만난 듯 거기서 풀을 뜯어 먹고 물을 마시며 살았습니다. 지난 시절과 가족이 생각나 수없이 울기도 했지만 새끼 사슴뿐 아니라 어미 사슴과도 정이 들어서 이렇게 살다가 죽어도 나쁠 건 없겠다는 생각까지 들었지요.

그렇게 몇 달이 흘렀습니다. 부인은 점점 야생동물이 되어갔어요. 그러던 어느 날 피사에서 온 배 한 척이 부인과 비슷하게 폭풍우를 만나 그 섬으로 잠시 피신을 하게 되었어요. 그 배에는 코라도라는 신사가 타고 있었지요. 그는 아내와 함께 성지를 순례하고 돌아가는 길이었어요. 그는 풍랑이 멈추기를 기다리는 동안 적적해서 아내와 하인과 개들을 데리고 섬을 둘러보았지요. 그런데 갑자기 개들이 사슴 두 마리를 발견하고 쫓아가기 시작했어요. 그들도 개들을 따라 뛰었지요. 사슴이 어디로 갔겠어요? 베리톨라가 있는 동굴로 간 거지요.

개들을 따라오던 코라도와 그의 아내는 베리톨라를 보고 깜짝 놀랐어요. 얼굴은 검게 그을고, 몸은 잔뜩 야위고, 머리는 제멋대로 자란 모습이었으니까요. 사실 그들을 보고 더 놀란 쪽은 베리톨라였답니다. 코라도는 신사였기에 개들을 쫓아 보낸 후 부인이 누구며 어떻게 여기서 이렇게 지내게 되었는지 아주 정중하게 물었어요. 베리톨라는 자초지종을 다 이야기해주었지요.

코라도와 그의 인자한 아내는 베리톨라를 설득하기 시작했어요. 더우이 코라도는 그이 남편 아리게토를 잘 알고 있었거든요. 하지만 부인은 막무가내였어요. 남편에게 무슨 일이 일어

낳는지도 모르고 아이들도 사라진 마당에 돌아가서 무엇 하겠냐는 거였지요. 무슨 일이 있어도 사슴들과 함께 이곳에서 지내겠다고 고집을 부렸지요. 코라도와 그의 아내는, 자기들이 사는 루니자나에는 그녀를 아는 사람이 없으니 맘 편히 지낼 수 있다, 어미 사슴과 새끼 사슴들도 함께 데려가겠다고 열심히 설득했지요. 마침내 부인은 마음을 바꾸었어요.

이윽고 날씨가 좋아지자 베리톨라는 코라도 부부와 함께 배에 올랐어요. 어미 사슴과 새끼 사슴 두 마리도 함께 배에 탔지요. 그들은 함께 코라도의 저택으로 갔어요. 베리톨리는 검은 상복을 입은 채 코라도 부인을 도우면서 겸손하고 정직하게 살았더랍니다. 귀여운 사슴들을 항상 곁에 두고 키우면서 말이에요.

이제 해적에게 납치되었던 아이들 이야기를 해드릴게요. 부인이 탔던 배를 약탈한 해적들은 제노바에 도착했어요. 그리고 유모와 아이들을 다른 물건들과 함께 가스파리노 도리아라는 신사에게 팔아넘겼어요. 유모와 아이들을 산 가스파리노는 그들을 하인으로 부리기 위해 자기 집으로 데려갔어요.

그런데 그 유모가 아주 똑똑하고 성실한 여자였어요. 혹시 아이들의 정체가 탄로 나면 무슨 해라도 입을지 몰라서 그냥 자기 아이들이라고 해두었어요. 큰아이의 이름을 주프레디가 아니라 잔노토로 바꾸고 동생의 이름은 그대로 두었어요. 그렇게 해서 두 아이는 가스파리노의 집에서 하인으로 몇 년을 지냈어요. 다 떨어진 누더기를 입고 너덜너덜한 신발을 신은 채 온갖 혹사를 당한 거지요.

그렇게 세월이 흘러 어느덧 잔노토가 열여섯 살이 되었답니다. 나이를 먹으면서 하인에게 어울리지 않는 기품이 뚜렷이 드러났지요. 그는 하인으로서 천한 생활을 참아내기가 어려웠어요. 그래서 그 집을 나와 알렉산드리아행 갤리선 선원이 되었답니다.

잔노토가 가스파리노의 집을 떠난 지도 서너 해가 흘렀답니다. 그는 이제 어엿한 청년이 되었지요. 한편 그는 죽은 줄만 알았던 아버지가 아직 살아 있다는 소식을 들었어요. 카를로 왕의 엄중한 감시를 받으며 감옥에 갇혀 있다는 거였지요. 그는 자신의 불운을 탓하며 지내다가 어찌어찌해서 루니자나로 가게 되었어요. 참으로 운명이란! 그가 천운으로 코라도의 집에 하인으로 들어가게 된 거예요.

그런데 코라도에게는 스피나라는 외동딸이 있었어요. 일찍 결혼했다가 남편과 사별하고 친정에 돌아와 있었지요. 미망인이라지만 아직 열여섯의 꽃다운 나이라서 아름답고 사랑스러웠지요. 그녀가 잔노토에게 관심을 갖게 되었고 둘은 곧 사랑에 빠졌답니다. 하지만 둘의 관계는 금방 들통이 나고 말았어요. 화가 머리끝까지 난 코라도는 그들을 따로따로 옥에 가두고는 감시하게 했어요.

그러는 와중에 시칠리아에서 큰 사건이 벌어졌어요. 피에트로 3세가 반란을 일으켜 카를로 왕에게서 시칠리아섬을 빼앗은 거지요. 기벨리니파(황제파) 당원이었던 코라도는 이 소식을 듣고 매우 기뻐했습니다. 한편 옥지기에게서 단편적으로나마 그런 이야기를 들은 잔노토는 깊은 한숨을 내쉬며 말했어요. 아버지가 기벨리니파 당원이었으니까요.

"이런 기막힌 일이 있나! 많은 세월을 떠돌며 그런 소식을 기다렸건만! 정작 그날이 왔는데도 이렇게 꼼짝 못 하고 감옥에 갇혀 있다니!"

그러자 궁금해진 옥지기가 그에게 사연을 물었고 잔노토는 자초지종을 다 말해주었어요. 자신의 이름이 주프레디라는 것도 밝혔지요.

옥지기는 바로 코라도에게 달려가 그 사실을 고해바쳤어요. 깜짝 놀란 코라도는 베리톨라에게 갔어요. 그리고 부인과 아리게토 사이에 주프레디라는 자식이 있느냐고 정중하게 물었답니다. 부인은 두 아들 중 큰아이의 이름이 주프레디며 그 애가 살아 있다면 스물두 살쯤 되었을 것이라고 눈물을 흘리며 대답했어요. 그 말을 들은 코라도는 크게 놀라는 한편 정말 기뻤습니다. 그는 은밀하게 잔노토를 불러서 말했어요.

"이보게, 자네가 한 짓은 정말 죽을 죄였다네. 하인인 주제에 주인 딸을 넘보았으니. 하지만 나는 자네를 불쌍히 여겨 죽이지 않고 감옥에 가두기만 했지. 자네가 귀족의 자식이라는 것을 내 이제 알았으니 자네의 고통을 그만 끝내도록 하겠네. 하지만 한 가지 알아둘 게 있네. 자네가 불장난을 한 내 딸은 처녀가 아니라 미망인이라네. 물론 지참금은 막대하다네. 어떤가, 자네와 내 딸이 맺어온 떳떳하지 못한 관계를 내가 명예로운 결혼으로 바꾸어주고 싶은데……"

그러자 잔노토가 대답했습니다. 비록 하인으로 있었지만 천성적으로 고귀한 영혼을 타고났기에 스피나를 향한 사랑은 변함이 없었던 거지요.

"영주님, 저는 권력이나 재산에 대한 욕심은 추호도 없습니다. 저는 영주님이 따님을 사랑했고 지금도 사랑하고 있으며 앞으로도 영원히 사랑할 것입니다. 영주님의 제안은 제가 영주님께 드리고 싶었던 바로 그것입니다."

잔노토의 훌륭한 대답을 들은 코라도는 바로 스피나를 데려오라고 했어요. 두 사람은 코라도 앞에서 혼인 서약을 했지요.

며칠이 지난 후 코라도는 자기 아내와 베리톨라를 불러서 말했습니다.

"부인! 당신의 큰아들을 당신께 선물하면서 그를 내 딸의 남편으로 삼으려 하는데 어떠신지요?"

부인은 어안이 벙벙할 뿐이었지요. 부인은 눈물을 흘리며 자식을 다시 만나게 해준다면 그 은혜는 평생 잊을 수 없을 것이라고 말할 뿐이었어요. 코라도는 자기 아내에게도 물었답니다.

"내가 당신에게 그런 사위를 선물한다면 당신은 어떻게 하겠어요?"

그의 아내가 선선히 응낙한 것은 물론이지요.

그 뒤의 일은 여러분 상상에 맡기겠어요. 죽은 줄 알았던 아들을 만난 어머니가 얼마나 기뻐했을지는 제가 이야기해드리지 않아도 짐작하실 수 있을 거예요. 이제 주프레디라는 본명을 되찾은 잔노토의 부탁으로 동생 스카치아토를 데리고 온 것은 두말할 필요 없고요. 그들이 모두, 이제는 시칠리아의 실권자가 된 아버지 아리게토에게 돌아가 하느님의 축복을 받으며 오래오래 행복하게 살았다는 이야기는 덧붙이지 않아도 되겠지요.

필로메나는 모두의 이야기가 끝나자 월계관을 벗어 네이필레의 머리에 얹어주었습니다. 월계관을 머리에 쓴 네이필레는 새로운 제안을 했습니다. 내일은 금요일이고 모레는 토요일이니 이야기를 쉬자는 거였지요. 금요일은 주님의 수난일이니 기도에 열중하고 토요일에도 각자 몸을 말끔히 씻어내자는 제안이었습니다. 그리고 일요일이면 이곳에 머문 지 벌써 나흘이나 되니 자리를 옮겨보자고 했습니다. 새로운 집은 새 여왕이 이미 알아놓았다고 했습니다. 그들은 모두 새로운 여왕님의 명을 받아들였습니다. 그러자 여왕은 다음 주제로 꾀를 부려 원하던 것을 손에 넣은 이야기를 할 테니 각자 이야깃거리를 준비하라고 말했습니다.

세
번
째
날

세 번째 날 이야기 1

일요일 아침 일행은 다 함께 길을 떠났습니다. 이윽고 그들은 약 1킬로미터 떨어진 어느 아름다운 저택에 도착했습니다. 그곳에서 즐거운 하루를 보낸 뒤 오후가 되자 다시 모여 이야기를 시작했습니다. 여왕의 지목을 받은 팜피네아는 얼굴에 웃음을 머금고 이야기를 시작했습니다.

우리는 지위가 낮은 사람은 지혜롭지 못할 거라고 생각하는 경향이 있어요. 하지만 제 생각에는 전혀 그렇지 않아요. 하느님이 지혜라는 선물을 지위가 높은 사람에게만 주실 리 없잖아요. 저는 사회적 지위가 낮은 사람이 어려운 상황에 영리하게 대처한 이야기를 해드리려고 해요. 또 한 가지가 있어요. 우리는 대개 사람들의 잘못을 들춰내는 게 옳은 일이라고 생각하지요. 그래야 똑같은 잘못을 다시는 저지르지 않을 테니까요. 옳아요. 하지만 저는 그냥 덮어두는 게 더 좋은 경우도 많다고 생각해요. 제가 들려드리는 이야기는 어느 쪽에 해당할까요? 한번 들어보고 생각해보세요.

롬바르디아 지방의 영주 아질울포는 덕과 지혜가 뛰어난 영주였어요. 다들 잘 아시지요? 부인도 아주 현명하고 정숙한 사람이었지요. 그런데 부인의 마부 중에 그런 천한 직업에 어울리지 않게 품성이 고상하고 마음이 너그러운 사람이 있었답니다. 마치 영주처럼 당당하고 풍채도 좋았지요. 그런데 이 사람이 참 대책 없는 병에 덜컥 걸려버렸답니다. 그만 부인을 사랑하게 된 거지요. 하지만 결코 겉으로는 드러내지 않았어요. 부인에게 들킬까 봐 눈도 마주치지 않았고요. 그만큼 자기 분수를 아는 사람이었죠.

마부는 부인의 사랑을 얻을 일말의 희망도 없이 살았지요. 자신이 고귀한 사람을 사랑한다는 사실을 스스로 자랑스럽게 여기면서 위안으로 삼을 뿐이었답니다. 다만 부인이 좋아한다고 생각하는 일이면 누구보다 앞장서서 열성적으로 매달렸어요. 사랑의 불길에 휩싸여 있었으니 당연한 일이지요.

하지만 사랑의 불꽃이란 정말 이상한 놈이지요. 희망이 없으면 꺼져버리는 게 아니라 더 활활 타오르니까요. 괴로움을 도저히 견뎌내기 어려웠던 마부는 죽기로 결심했어요. 대신에 자신이 죽는 게 바로 부인을 향한 사랑 때문이라는 것을 어떤 식으로건 보여주고 죽기로 결심했답니다. 그렇다고 말이나 글로 사랑을 전달하고 싶지는 않았어요. 죽기 전에 부인을 한 번 품에 안아보기로 작정한 거지요. 하지만 방법이 없었어요. 그는 영주 행세를 하기로 마음먹었어요. 정숙한 부인이 다른 남자 품에 절대 안기지 않으리라는 걸 알았거든요.

마부는 영주가 밤에 부인을 만나러 갈 때 어떤 습관이 있는지, 어떤 옷을 입는지 유심히 관찰했어요. 영주의 방과 부인의 방 사이 중앙 거실에 몸을 숨기고 열심히 살핀 결과 중요한 사실을 알아냈어요. 영주는 부인의 방을 찾아갈 때 커다란 망토를 두른 채 한 손에는 작은 횃불을 들고 다른 손에는 지팡이를 들었지요. 또 부인 방으로 가면 아무 말 없이 지팡이로 두 번 문을 두드렸지요. 그러면 부인의 방문이 열리고 하녀가 횃불을 받아들었어요.

마부는 날을 잡아 영주와 똑같은 복장에 똑같은 행동을 해서 부인 방으로 들어갈 수 있었답니다. 그러고는 부인 곁에 누웠지요. 영주는 화가 나면 입을 꾹 다물고 누구의 말도 들으려 하지 않는다는 것을 알았기에 짐짓 화난 척하며 목소리를 감추었지요. 칠흑같이 어두웠으니 부인은 마부가 영주인 줄만 알았고요.

그런데 날이 날이라고 그날 마부가 왔다 간 후 진짜 영주가 부인 방을 찾았답니다. 부인은 깜짝 놀랐어요.

"어머, 여보! 오늘 밤엔 웬일이세요? 방금 오셨다 가시고 이렇게 급히 또 오시다니."

영주는 그 말을 듣고 차림새나 행동이 비슷한 누군가가 자기 행세를 한 걸 알았어요. 하지만 영주는 아주 현명하고 침착한 사람이었어요. 보통 사람이라면 "뭐야? 그건 내가 아니었어! 도대체 어떤 놈이야!"라며 야단법석을 떨었겠지만 그래봤자 자기만 바보 꼴이 될 걸 알았던 거지요.

영주는 분노와 모멸감에 휩싸여 부인 방을 나왔답니다. 영주는 분명 하인들 중 한 놈의 짓일 거라 생각하고 하인들이 자는 방으로 들어갔어요. 그런 일을 저지른 자라면 아직 심장이 벌렁벌렁 뛰고 있으리라 생각한 영주는 입구에 있는 하인부터 하나하나 가슴에 손을 대보았어요.

다른 하인들은 모두 잠이 들었지만 일을 벌인 마부는 아직 잠이 들지 않았어요. 그런데 영주가 방으로 들어왔으니 가슴이 더 뛰었지요. 하인들 가슴에 손을 대고 하나하나 살피던 영주가 드디어 그 마부 옆으로 와서 가슴에 손을 대었답니다. 그자의 심장이 빠르게 뛰는 것을 알아챈 영주는 속으로 '바로 이놈이로군' 하고 생각했어요. 하지만 영주는 일을 조용히 처리하고 싶었어요. 그래서 가위로 머리카락 한 부분을 조금 자른 다음 밖으로 나갔어요. 다음 날 은밀히 벌을 주리라 작정한 거지요.

아까도 말씀드렸지만 일을 벌인 마부는 상당히 영리한 자였답니다. 그는 영주가 왜 그런 표시를 했는지 당장 간파했어요. 자리에서 일어난 그는 가위를 찾아 들고 그곳에서 자고 있던 하인들의 머리카락을 모두 같은 모양으로 잘랐어요. 그러고는 태연히 잠자리에 들었지요.

아침에 잠에서 깬 영주는 하인들을 모두 집합시켰어요. 영주가 하인들의 머리를 보고 얼마나 놀랐을지는 다들 짐작할 수 있으시겠지요? 영주는 속으로 생각했어요.

'어느 놈인지 괘씸하긴 해도 머리는 제법 돌아가는 놈이로군.'

영주는 소동을 벌이지 않고는 범인을 잡을 수 없다는 것을 알았지요. 그는 작은 복수를 위해 자신과 부인의 명예가 땅에 떨어지는 것을 원치 않았어요. 한마디 훈계로 다시는 그런 마음을 품지 못하게 하는 게 옳으리라고 판단한 거지요. 영주는 하인들을 앞에 두고 말했어요.

"못된 짓을 한 놈은 이제 다시는 그 짓 못 할 줄 알아라. 그만 다들 물러가라."

그 말을 들은 하인들은 영문을 몰라서 어안이 벙벙했어요. 마부 당사자만 빼고는 아무도 알아들을 수 없었던 거지요. 마부는 현명한 사람이었기에 살아 있는 동안 결코 그 일을 입 밖에 내지 않았답니다. 그런 일에 목숨을 거는 짓도 두 번 다시 하지 않은 것은 물론이고요. 소원을 풀었으니 죽을 이유 또한 없어졌지요.

세 번째 날

세 번째 날 이야기 2

　이번에는 여왕이 엘리사에게 이야기를 청했습니다. 일행 중 가장 얌전하고 새침한 엘리사가 이야기를 시작했습니다.

　세상에는 자기만 똑똑하다고 생각하는 사람이 참 많지요. 남들은 아무것도 모른다고 생각하고 우쭐해하는 사람 말이에요. 하지만 남을 조롱거리로 만들었다고 믿으면서 실은 자기 꾀에 자기가 넘어가는 일이 허다하답니다. 저는 이제부터 그런 이야기를 들려드리겠어요.

　피스토이아에 프란체스코라는 이름의 기사가 있었어요. 돈도 많고 똑똑한 데다 빈틈없는 사람이었어요. 한 가지 흠이 있다면 욕심이 지나치게 많다는 거였지요. 그가 밀라노의 영주로 부임할 당시의 이야기를 해드리지요.

그가 영주로 부임하기 위해 밀라노로 떠나려니 갖출 건 다 갖추었는데 자기 눈에 드는 멋진 말이 없었어요. 어떻게 하면 좋은 말을 구할 수 있을까 늘 고심했지요. 당시 피스토이아에 리카르도라는 청년이 살았어요. 출신은 천하지만 돈은 많았어요. 옷을 얼마나 말쑥하게 차려입고 다녔는지 모두 그를 치마(멋쟁이)라고 불렀어요. 하지만 그에게도 불행한 일이 하나 있었어요. 아름답고 정숙한 프란체스코의 부인을 그만 오래전부터 사모하게 된 거지요. 그런데 치마에게는 그 지방에서 가장 아름다운 말 중 한 필이 있었어요. 너무나 아름다워서 치마가 무척 아끼는 말이었지요.

그런데 치마가 프란체스코의 부인을 흠모한다는 사실을 세상 사람들은 이미 다 알고 있었어요. 하루는 누군가가 프란체스코에게 가서 조언을 해주었어요. 치마가 부인을 흠모하고 있으니 말을 거저 달라고 해도 줄 거라는 이야기였지요. 프란체스코는 곧 치마를 불렀어요. 그러고는 말을 거저 얻고 싶은 속셈을 감추고 말을 팔라고 했답니다.

그러자 치마가 말했어요.

"기사님, 백만금을 주신다 해도 그 말은 팔 수가 없습니다. 하지만 제 소원 하나만 들어주신다면 기꺼이 선물로 드리겠습니다. 제 소원은 간단합니다. 기사님이 보시는 자리에서 부인께 말씀 몇 마디만 건넬 수 있게 해주시면 됩니다. 다만 한 가지 조건이 있습니다. 부인만 제 이야기를 들을 수 있도록 사람들을 멀리 떨어지게 해주십시오. 죄송하지만 기사님도 멀리서 보기만 해주시길 바랍니다."

치마의 말을 들은 프란체스코는 속으로 너무 기뻤습니다. 그러고는 '이런 어리석은 자가 있나. 그 정도 일로 말을 내주다니'라고 생각했습니다. 기사는 선선히 응낙을 하고 부인의 방으로 갔습니다. 그는 부인에게 말을 얻게 된 경위를 설명하고 부인에게 주의를 주었습니다. 제 딴에는 치마가 혼자 헛소리나 지껄이게 하려고 꾀를 낸 거지요.

"부인, 치마가 오면 이야기는 듣되 일절 대답을 하지 마시오. 잠시만 참고 이야기를 들어주면 저 훌륭한 말이 내 것이 될 테니."

부인은 남편을 나무랐어요. 하지만 어쩌겠어요? 남편을 기쁘게 하는 일이라면 마다하지 않는 정숙한 부인이었기에 응낙할 수밖에 없었지요. 그러고는 치마의 이야기를 듣기 위해 남편을 따라 거실로 나갔지요.

치마는 기사와 맺은 약속을 다시 다짐하고 사람들에게서 멀리 떨어진 거실 한구석으로 부인을 데려갔어요. 그리고 입을 열었답니다. 그의 입에서는 너무나 멋진 문학적 표현이 거침없이 나왔어요.

"고명하신 부인! 벌써 오래전부터 그대의 아름다움이 저에게 얼마나 큰 사랑을 몰고 왔는지 아시리라 믿습니다. 그대는 정말 완벽하게 아름답습니다. 그대의 아름다움 뒤에는 그 어떤 남성의 영혼이든 사로잡을 고매한 덕성이 깃들어 있음을 저는 확신합니다. 제가, 한 남자가 한 여인을 향해 품을 수 있는 최고 최대의 사랑을 그대를 향해 품고 있음을 새삼 고백할 필요는 없겠지요. 제 사랑은 제가 살아 있는 한 더욱더 커질 것이며 저세상에 가더라도 영원할 것입니다.

저는 그대의 행복을 위해서라면 제게 명하시는 일은 무엇이든 다 할 수 있습니다. 그대는 제 행복이시고 제 영혼의 유일한 희망이십니다. 저는 그대의 천한 종일 뿐입니다. 그대의 가장 천한 종인 저는 단 한 가지만 간절히 원하고 있습니다. 그대의 마음속에 사랑의 불길이 일어날 수만 있다면!

만일 그대의 영혼이 제 소원을 모른 체하신다면 저는 불행에 빠져 죽어버릴 것입니다. 그대는 저를 이 세상에서 가장 행복

세 번째 날

한 사람으로 만들 수도 있고 가장 불행한 사람으로 만들 수도 있습니다. 모두 그대에게 달린 일입니다. 부디 제 불타는 사랑의 대가로 죽음의 고통을 내리시지 말기를!"

말을 마친 치마는 입을 다물고 한숨에 이어 눈물을 쏟아내면서 부인의 대답을 기다렸어요. 아무리 진정한 사랑의 고백을 들어도, 그 어떤 사랑의 노래를 들어도 움직이지 않던 부인이었는데 막상 피가 뜨거운 연인의 격정 어린 고백을 듣고 보니 마음이 흔들렸어요. 이제까지 한 번도 느껴보지 못한 그 무언가를 느끼기 시작한 거지요. 남편의 지시대로 입을 다물고 있었지만 나지막이 한숨이 나오는 것을 막을 수는 없었답니다. 자신도 모르게 속마음을 드러낸 거지요.

대답을 기다리던 치마는 부인이 아무 말도 하지 않자 그것이 기사의 술책임을 금방 깨달았어요. 하지만 부인의 한숨 소리에서 희망의 불씨를 본 치마는 새로운 작전을 쓰기로 했어요. 자기가 부인의 입장이 되어 마치 부인이 대답하듯 말하기 시작한 거지요.

"치마 님, 저는 저를 향한 당신의 사랑이 얼마나 큰지, 얼마나 완벽한지 오래전부터 알고 있었답니다. 그리고 지금 당신의 입을 통해 확실하게 알게 되어 얼마나 기쁜지 모릅니다. 저도 당신이 저를 사랑하는 것 못지않게 당신을 사랑한답니다. 하지만 남의 입이 두려워 주저하고 있었지요. 이제 당신의 사랑에 보답할 시간이 왔어요.

당신도 아시다시피 제 남편은 며칠 후면 밀라노 영주로 부임해 갈 거예요. 제가 당신께 드릴 진정한 사랑으로 분명히 약속드립니다. 그이가 떠나면 정원으로 난 제 방 창문에 수건을 두 장 걸어두겠어요. 그걸 발견하는 날 저녁, 보는 사람이 없는지 잘 살피면서 정원 입구로 해서 제게로 오세요. 제가 당신을 기다리고 있을 거예요."

치마는 부인의 입장이 되어 말을 마치고 나서 이번에는 자기 자신으로 돌아가 말하기 시작했어요.

"경애하는 부인! 그대의 고마운 대답에 어떻게 감사의 말씀을 드려야 할지 모르겠습니다. 단지 한 가지만 약속드리겠습니다. 저는 부인이 명하신 것을 틀림없이 그대로 행하겠습니다. 이제 더 이상 부인께 드릴 말씀이 없습니다. 다만 하느님께서 부인이 바라시는 최대한의 기쁨과 행복을 부인께 드리도록 열심히 기도하겠습니다."

부인은 한마디도 하지 않았어요. 멀리서 그 모습을 본 프란체스코는 치마 혼자 열심히 떠드는 것을 보고 속으로 쾌재를

세 번째 날

79

불렀답니다. 이윽고 치마는 몸을 일으켜 기사가 있는 쪽으로 돌아왔습니다. 그가 일어서는 것을 보고 기사는 마주 걸어가더니 웃으면서 말했어요.

"어떤가, 내가 약속을 잘 지켰지?"

치마가 대답했어요.

"아닙니다, 기사님! 부인과 이야기를 나누게 해주겠다고 약속하시고는 대리석상과 말을 하게 하셨습니다."

그 대답에 기사가 너무 기뻐했음은 두말할 필요가 없었지요. 말도 얻었겠다, 자기 부인을 사랑하는 치마를 골탕 먹였겠다, 부인의 정숙함을 확인했겠다, 그야말로 일석삼조였던 셈이지요.

치마가 말을 가져왔음은 물론입니다. 기사는 말을 타고 의기양양하게 밀라노로 출발했답니다. 다음 이야기를 마저 해야 할까요? 어느 날 정원 쪽으로 난 부인의 창문에 수건 두 장이 걸렸다는 이야기를 해드려야 할까요? 부인의 명예를 위해 이 말은 덧붙여야겠네요. 기사가 밀라노로 떠난 뒤 한참 지난 뒤에야 수건이 걸렸다는 이야기 말이에요. 부인은 정말 오랫동안 고민하며 망설이다가 결정을 내린 거지요. 사랑의 힘은 역시 위대하다니까요.

세 번째 날 모두의 이야기가 끝나자 네이필레는 월계관을 필로스트라토에게 씌워주었습니다. 처음으로 남자가 왕이 된 것입니다. 필로스트라토는 세상에는 사랑 때문에 불행한 결말을 본 사람들이 많다며 내일 그 이야기를 해보자고 제안했습니다. 모두 찬성했습니다.

네
번
째
날

네 번째 날 이야기 1

다음 날 오후가 되자 일행은 다시 잔디밭에 모여 이야기를 나누기 시작했습니다. 필로스트라토는 피암메타에게 이야기를 시작하라고 요청했고 피암메타는 이야기를 시작했습니다.

우리 왕께서 오늘 좀 힘든 이야깃거리를 주문하셨네요. 우리가 지금까지 너무 즐겁게 지냈으니 조금 균형을 취하라는 뜻이겠지요. 기왕 이야기를 시작하는 김에 애처로울 정도가 아니라 아예 눈물이 쏙 빠질 만큼 처절한 이야기를 해드리겠어요.

살레르노의 탄크레디 공이라는 사람이 있었어요. 아주 인간적이고 성격도 부드러운 신사였지요. 다만 딸을 너무 사랑했다는 게 좀 문제였어요. 그 때문에 노년에 이르러 딸을 잃고 말았으니까요.

그는 일생에 딸 하나를 두었는데 그 딸만 없었다면 아마 아무 문제 없이 행복한 삶을 살았을 거예요. 아버지는 딸에게 이 세상 그 어떤 딸도 받아보지 못한 엄청난 사랑을 쏟아부었어요. 그런데 그 딸이 결혼을 했다가 과부가 되어 집으로 돌아오고 말았어요.

딸의 이름은 기스문다였는데 아주 아름답고 밝은 성격이었어요. 당차다고 할 정도로 똑똑하기도 했고요. 인자한 아버지와 함께 귀족으로서 호사스러운 생활을 했으니 아무 걱정 없이 지낼 수 있었을 거예요. 만일 아버지가 그녀를 재혼시킬 생각만 했다면 말이지요. 그런데 아버지는 딸을 너무 사랑한 나머지 딸이 과부가 된 걸 다행으로 여기는 게 아닌지 의심스러울 정도였어요. 도무지 딸의 재혼은 생각도 안 하는 거예요.

하지만 아무리 정숙한 여인이라 할지라도 평생을 어떻게 과부로 지낼 수 있겠어요? 더욱이 한창 젊고 싱싱한 나이의 여인에게 하루하루는 지겹기만 했지요. 그러다가 그녀는 아주 중대한 결심을 하게 되었어요. 애인을 하나 만들기로 한 거지요. 결혼시켜달라고 조르는 건 정숙하지 못한 행동으로 보일 수 있으니 차라리 몰래 애인 하나 만드는 게 더 현명한 일 같았어요.

기스문다는 아버지 저택에 드나드는 사람들을 유심히 살펴보았어요. 귀족이든 아니든 신분은 상관이 없었지요. 그런데 집에 드나드는 사람들은 다 눈에 차지 않았어요. 대신에 하필이면 아버지 시중을 드는 한 젊은 청년이 눈에 들어오는 게 아니겠어요? 출신은 천했지만 인품과 행동이 가장 뛰어나서 금방 눈에 띄었지요. 청년의 이름은 귀스카르도였어요. 눈치가 빠른 청년도 그녀의 마음을 알아채고 금방 그녀를 사랑하게 되었지요.

하지만 둘 사이의 사랑을 그 누구도 알아채면 안 되었어요. 그래서 그녀는 아주 은밀한 방법을 생각해냈지요.

저택 근처에 산이 있었는데 그 산에는 동굴이 하나 있었어요. 아주 오래전에 만들어진 동굴로 오랫동안 사용하지 않고 방치해두었지요. 그 동굴에는 비밀 계단이 있어 그 계단을 내려오면 집 안 딸의 방으로 갈 수가 있었어요. 귀스카르도는 그 동굴을 통해 여자의 방을 드나들었답니다. 하지만 운명이란 것이 그들의 기쁨을 커다란 슬픔으로 바꾸어놓을 줄이야!

탄크레디 공은 이따금 딸의 방에 혼자 찾아와 딸과 어울려 이야기를 하면서 시간을 보내곤 했어요. 하루는 딸의 방으로 들어가서 의자에 혼자 앉아 있다가 깜빡 잠이 들었어요. 딸이 방에 없어 기다리다 잠이 든 거지요. 기스문다는 정원에서 시녀들과 놀고 있었어요.

그런데 불행히도 그날이 바로 두 애인이 만나는 날이었어요. 잠에서 깨어난 공은 둘이 만나 사랑하는 모습을 숨어서 지켜보게 되었답니다. 탄크레디 공의 가슴은 고통으로 찢어지는 것 같았어요. 그렇지만 침착한 공은 당장 호통을 치는 대신 조용히 창문을 통해 밖으로 나갔어요.

그날 밤 기스문다를 만나고 동굴 밖으로 나오던 귀스카르도가 탄크레디 공의 부하들에게 잡힌 것은 당연한 일이었지요. 공은 귀스카르도를 앞에 두고 눈물을 비치며 말했어요.

"귀스카르도! 내가 네게 얼마나 큰 은혜를 베풀었는데 그 대가로 이런 모욕을 준단 말이냐!"

귀스카르도는 아무 대꾸도 못 하다가 겨우 이렇게 말했답니다.

"사랑의 힘은 저는 물론이고 대공으로서도 어쩔 수가 없는 것입니다."

대공은 기가 막혔지만 우선 귀스카르도를 구석방에 가두고 감시하라고 명령했어요. 그러고는 곧장 딸에게 가서 말했어요.

"기스문다! 난 너를 정말 얌전하고 정숙하다고 믿었는데 이런 짓을 저지르다니! 백번 양보해서 이런 짓을 저지른 건 눈감아준다고 치자. 네 신분에 어울리는 남자를 만나야지, 기껏 귀스카르도란 말이냐! 그자는 우리 집에서 먹여 길러낸 천한 놈이 아니더냐! 내가 동굴에서 나오는 그놈을 붙잡아서 감옥에 넣어두었다. 하지만 이제 어떻게 해야 할지 정말 모르겠다. 그저 한숨만 나올 뿐이다. 널 용서해야 할지 엄벌에 처해야 할지 정말 모르겠다. 어쨌든 네 이야기나 들어보기로 하자."

기스문다는 은밀한 사랑이 탄로 났을 뿐 아니라 귀스카르도가 잡혔다는 것을 알고 가슴이 너무 아팠어요. 보통 여자였다면 울고불고하면서 아버지 무릎을 잡고 용서해달라고 했을 거예요. 그러나 그녀는 달랐어요. 사랑하는 귀스카르도가 이미 죽은 목숨이나 다름없으니 용서를 구하기보다는 차라리 당당하게 세상을 하직하는 게 낫다고 생각한 거죠. 그녀는 아버지라는 호칭대신 아버지 이름을 부르며 의연하고 당당하게 말했어요.

"탄크레디 대공님! 저는 부정하지도 애원하지도 않겠어요. 다만 제 마음을 솔직하게 대공님께 말씀드리겠어요. 저는 그 사람을 진실로 사랑해요. 그 사람은 얼마 살지도 못하겠지만 살아 있는 동안에는 변함없이 그분을 사랑할 것이고 죽고 나서도 사랑하는 게 가능하다면 여전히 그분을 사랑할 거에요. 제가 이 지경에 이른 것은 제가 정숙하지 못하고 마음이 약해서

가 아니랍니다. 대공님께서 저의 재혼은 생각도 안 하셨기 때문이고 그분의 인품이 훌륭하기 때문입니다.

탄크레디 대공님, 저는 귀스카르도를 아무렇게나 고른 것이 아닙니다. 심사숙고한 끝에 제게 어울릴 만한 인품을 지닌 사람을 택한 것입니다. 그런데 대공님은 진실보다는 헛된 관습을 잣대로 내밀고 계시네요. 제가 사랑의 죄를 지은 사실보다는 신분이 낮은 남자와 맺어진 것을 더 심하게 야단치시잖아요. 제가 귀족 남자를 사랑했다면 아무 걱정도 없으셨겠네요. 하지만 신분이 사람을 고결하게 만드는 건 아니랍니다. 귀스카르도는 어떤 귀족보다 고결하고 올바른 사람이에요. 비록 가난하긴 했지만 가난은 고결함을 빼앗아 가지 못한답니다.

대공님, 저를 어떻게 할까 망설이고 계시는군요. 조금도 망설이지 마세요. 귀스카르도에게 내릴 벌을 저에게도 똑같이 내려주세요. 자, 이제 가세요. 우리가 한 짓이 똑같이 잘못한 것이라 생각하신다면 냉정하게 저희를 죽여주세요."

탄크레디 공은 딸의 심지가 정말 대단하다고 생각했어요. 하지만 딸의 말을 곧이곧대로 믿지 않았어요. 말만 그렇게 할 뿐 정작 마음은 다르리라고 생각한 거지요. 그러고는 일을 너무 단순하게 생각했어요. 귀스카르도를 죽여버리면 딸이 금방 그를 잊고 사랑의 열정이 식을 것이라고 생각한 거지요. 그래서 귀스카르도를 죽여버렸어요.

딸을 그토록 사랑했지만 대공은 정말로 딸이 어떤 사람인지 몰랐던 거예요. 귀스카르도가 죽었다는 소식을 들은 기스문다는 독약이 든 단지를 들고 단숨에 마셔버렸어요. 그러고는 침대에 올라가 평온하게 몸을 뉘었답니다. 딸의 소식을 들은 탄크레디 공은 부리나케 딸의 방으로 왔어요. 그러고는 울음을 터뜨렸지요. 그러자 숨을 거두기 전에 기스문다가 대공에게 말했어요.

"탄크레디 대공님, 눈물은 이보다 더 슬픈 일을 위해 남겨두세요. 저 때문에 우실 필요 없어요. 대공님이 바라시던 대로 일이 다 잘되었는데 어찌 우시는 건가요? 대공님, 제게 베풀어주시던 사랑이 대공님께 조금이라도 남아 있나요? 만일 그렇다면 저를 위해 마지막 선물을 하나 해주세요. 저와 귀스카르도가 남몰래 함께 있는 것이 마땅치 않으셨지요? 하지만 제 몸을 그이 곁에 함께 묻어주시기 바랍니다."

대공은 슬픔으로 가슴이 미어져 아무 대답도 할 수 없었어요. 기스문다는 그 말을 끝으로 세상을 떠났지요. 그렇게 그들의 사랑은 슬픈 종말을 맞고 말았던 거예요. 탄크레디 공은 자신의 잔인함을 후회하며 하염없이 눈물을 쏟았어요. 대공이 다스리는 나라 사람들도 모두 슬퍼했답니다. 대공은 두 사람을 기려 함께 무덤에 묻어주었답니다.

네 번째 날 이야기 2

피암메타의 이야기가 끝나자 왕은 에밀리아를 바라보았습니다. 다음 이야기를 하라는 뜻이었습니다. 에밀리아는 주저 없이 이야기를 시작했지요.

저는 그다지 오래되지 않은 일을 이야기해드릴게요. 피렌체에 시모나라는 처녀가 살고 있었어요. 부모는 아주 가난했지만 그녀는 출신에 비해 무척 아름답고 우아했답니다. 양털로 실을 짜서 생계를 유지했으니 겉으로 보면 먹고살기에 바빠서 다른 일은 신경도 쓸 수 없을 것 같았죠. 하지만 사랑이라는 것이 어디 여유가 있는 사람에게만 찾아오나요? 시모니도 사랑을 하게 되었어요. 상대는 양털 상인에게 고용되어 실 짜는 여자들에게 양털을 공급하는 청년이었지요. 이름은 파스퀴노였고요. 둘은 자연스럽게 자주 만나 사랑을 꽃피우게 되었답니다.

그러던 어느 날 둘은 공원으로 나들이를 가기로 약속했답니다. 시모나는 친구 라지나와 함께 약속한 공원으로 갔어요. 파스퀴노도 스트람바라는 친구를 데리고 왔지요. 시모나와 파스퀴노는 라지나와 스트람바 둘을 함께 있게 한 다음 공원 한구석으로 갔어요.

두 사람이 함께 간 곳 한쪽에 샐비어가 잔뜩 자라고 있었어요. 둘은 정답게 포옹을 하며 두 사람의 사랑을 확인했어요. 싸온 도시락도 맛있게 먹었고요. 그런데 맛있게 식사를 한 뒤 파스퀴노가 샐비어 잎을 하나 뜯어냈어요. 그러더니 그걸 이에 대고 문지르기 시작했어요. 평소에도 잇새에 낀 음식 찌꺼기들을 씻어내기 위해 자주 그렇게 했거든요.

그런데 이게 무슨 일입니까! 갑자기 파스퀴노의 얼굴이 흙빛으로 변하더니 삽시간에 죽어버리고 만 거예요. 시모나는 울부짖으며 친구들을 불렀어요. 그들이 급히 달려왔지요. 와보니 파스퀴노가 죽은 채 누워 있었어요. 파스퀴노의 시신을 보니 얼굴이 부어 있고 거무스름한 반점이 온몸에 돋아 있었어요. 그러자 스트람바가 외쳤어요.

"이런 나쁜 년! 네가 파스퀴노를 독살했구나!"

소동이 벌어지자 공원 근처에 살던 사람들이 몰려왔어요. 한 사람은 몸이 부은 채 죽어 있지, 스트람바는 시모나가 독을 먹였다고 길길이 날뛰고 있지, 시모나는 너무나 놀라운 일을 당해 얼이 빠져 변명 한마디 못 하지. 그러니 다들 스트람바가 하는 말을 그대로 믿어버릴 수밖에 없었어요.

결국 처녀는 사람들에게 이끌려 판사 앞으로 가게 되었어요. 그런데 판사는 스트람바의 말을 듣고도 처녀가 진짜 범인인지 확신이 서지 않았어요. 얼이 빠진 시모나의 횡설수설도 알아들을 수 없었고요. 그래서 현장 검증을 하기로 했어요.

공원으로 가서 시신을 본 판사는 놀랐어요. 그리고 도대체 어떻게 된 일이냐고 처녀에게 재차 물었지요. 처녀는 세세하게 설명을 하면서 똑바로 보여주기 위해 파스퀴노가 했던 것처럼 샐비어 잎을 하나 뜯더니 이에 대고 문질렀어요. 스트람바는 무슨 이상한 짓을 하느냐, 빨리 죄를 고백하고 화형이나 받으라고 소리를 질러댔지요. 그런데, 아! 화형은 받을 필요가 없었어요. 시모나두 파스퀴누와 똑같은 일을 당하고 말았거든요.

오! 그대들의 영혼은 행복하도다! 사랑하는 그대들은 같은 날에 삶을 끝냈구나! 게다가 같은 장소에서 똑같이 함께 갔으니 더 행복하지 않은가! 저세상에서도 여기서처럼 서로 사랑하게 되었으니 이 또한 더 행복하지 않은가!

판사뿐 아니라 모인 사람들 모두 얼이 빠져 오랫동안 아무 말도 못 하고 있었어요. 얼마 후 판사가 정신을 차리고 사람들에게 말했어요.

"정말 놀라운 일이지만 이 샐비어에 독이 들어 있는 게 분명하오. 또 이런 일이 벌어지지 않도록 저 샐비어를 뿌리째 뽑아 태워버려야 하오."

공원을 관리하는 사람이 커다란 풀뿌리를 땅에서 파냈지요. 그러자 사랑하는 두 사람의 목숨을 앗아간 것의 정체가 드러났어요. 그 샐비어 뿌리 아래 엄청나게 큰 두꺼비 한 마리가 몸을 웅크리고 있었던 거예요. 독기를 품은 두꺼비의 숨결에 샐비어가 중독되었던 거지요. 아무도 감히 그 두꺼비 가까이로 갈 생각을 못 했어요. 결국 사람들은 주위에 마른 장작을 잔뜩 쌓은 후 샐비어와 함께 두꺼비를 태워버렸지요. 두 연인의 시신은 산파올로 성당에 함께 안장되었답니다.

네 번째 날 이야기 3

에밀리아의 이야기가 끝나자 이번에는 왕이 네이필레에게 이야기를 해달라고 요청했습니다. 곧이어 네이필레가 이야기를 시작했습니다.

훌륭한 부인들! 이 세상에는 아는 게 쥐뿔도 없으면서 자기가 아는 게 많다고 믿는 사람들이 꽤 많은 것 같아요. 그런 사람들은 다른 사람들의 말을 듣지 않지요. 자연의 법칙과 하느님의 뜻에 어긋나는 결정을 혼자 하기 마련이고요. 결과가 좋을 리 없지요. 특히 자연의 법칙을 거스르지 말아야 하는 대표적인 경우가 바로 사랑이지요. 사랑은 그 누구에게나 자신도 모르는 사이에 찾아오는 법 아니겠어요? 사랑이 사라지는 것도 마찬가지예요. 스스로 사라지길 기다리는 수밖에 없지, 강제로 제거할 수는 없는 법이잖아요. 저는 자신이 내린 결정이 언제나 옳다고 믿은 한 부인의 이야기를 해드리겠어요.

이 부인은 그다지 현명한 사람이 아니었답니다. 그런데 자신이 아주 현명한 것처럼 생각하고 행동했어요. 자기 능력을 벗어난 일에서도 재주를 자랑하려고 했고요. 그러니 사람의 마음에 깃든 사랑도 억지로 제거할 수 있다고 생각하고 일을 저지른 거예요. 궁금하시지요? 자, 이야기를 시작할게요.

우리 도시에 레오나르도 시기에르라는 상인이 살았어요. 아주 부자인 데다 영향력도 대단했지요. 부인과의 사이에 지롤라모라는 아들을 두었는데, 아이가 태어나자마자 그만 그가 세상을 뜨고 말았어요. 물론 사업을 아주 잘 정리하고 세상을 떠서 아무 문제가 없었어요. 아주 훌륭한 후견인들이 아들이 다 자랄 때까지 잘 돌보아주도록 조치도 해놓았고요.

지롤라모는 이웃 아이들과 어울리며 건강하게 잘 자랐어요. 그중에 같은 또래인 재단사의 딸이 있었어요. 이름은 살베스트라였고요. 함께 어울려 지내면서 둘 사이의 우정은 열정적인 사랑으로 변했지요. 지롤라모는 하루라도 살베스트라를 보지 못하면 금방 우울해질 정도였답니다. 살베스트라도 지롤라모에게서 받는 사랑 이상으로 그를 사랑했고요.

이 사실을 안 지롤라모의 어머니는 당연히 아이를 마구 야단쳤지요. 돈만 있으면 사과도 오렌지로 만들 수 있다고 믿는 사람이니 부자인 자기 아들이 가난뱅이 재단사의 딸과 어울리는 걸 두고 볼 수 없었던 거지요. 하지만 어디 그런다고 될 일인가요? 지롤라모는 계속 그 여자애와 어울렸어요.

곰곰이 생각하던 어머니는 후견인들과 상의해서 아들을 멀리 파리로 보내기로 했어요. 그사이 여자애가 다른 남자와 결혼을 하면 그 여자애를 향한 지롤라모의 사랑이 지워지리라고 생각한 거예요. 그때 가문 좋은 처녀를 만나 아내로 맞아들이면 만사형통일 거라고 믿은 거지요. 지롤라모가 싫다고 한 것은 당연한 일 아니겠어요?

하지만 후견인들이 나서서 설득하고 어머니가 꾸짖는 등 온갖 짓을 다해 결국 지롤라모의 마음을 돌리는 데 성공했어요. 더 이상은 안 되고 딱 1년만 파리에 있겠다는 조건으로 지롤라모는 파리로 갔답니다.

파리로 간 지롤라모는 어찌어찌하다가 그만 2년을 머물게 되었어요. 2년이 지난 후 사랑하는 여인을 만난다는 기쁨을 안고 그는 피렌체로 돌아왔어요. 그런데 그가 들은 소식이란! 사랑하는 여인이 천막을 만드는 청년과 결혼을 했다는 거 아니겠어요. 지롤라모는 말할 수 없이 슬펐지만 도리가 없었어요. 상황을 받아들이려고 노력했지요. 하지만 그리움이 어디 그렇게 쉽게 사라지나요? 그는 살베스트라가 살고 있는 집을 수소문해서 그 집 앞을 왔다 갔다 하기 시작했어요. 그녀도 자기처럼 자신을 잊지 않고 있기를 바란 거지요. 그런데 이게 무슨 일입니까? 여자가 그를 마치 처음 보는 사람처럼 알아보지 못했던 거예요. 겉으로만 모르는 척했는지는 알 수 없지만 지롤라모는 엄청난 충격을 받았어요. 그리고 큰 슬픔에 잠겼지요. 그는 살베스트라의 마음에 들려고 온갖 짓을 다 했지만 아무런 소용이 없었어요. 지롤라모는 죽을 각오를 하고 살베스트라를 직접 만나 담판을 짓기로 했답니다.

그는 이웃 사람들을 통해 여자가 사는 집의 내부 구조를 알아냈어요. 그리고 어느 날 집이 비었을 때 몰래 방 안으로 들어가 커튼 뒤에 몸을 숨겼지요. 저녁이 되어 부부가 돌아왔어요. 남편은 고단했던지 자기 침대에서 금방 잠이 들었어요. 지롤라모는 이미 봐둔 대로 살베스트라의 침대 곁으로 갔어요. 그리고 여자의 손을 잡고 조용히 말했어요.

"오, 내 사랑! 그대 잠자고 있는가?"

하지만 여자는 잠들지 않았어요. 그녀는 소리를 지르려고 했지요. 그 순간 청년이 재빨리 말했어요.

"제발 소리 지르지 마오. 나는 그대의 지롤라모라오."

이 말을 듣고 살베스트라는 몸을 떨면서 말했어요.

"어머! 지롤라모! 제발 나가주세요. 소꿉장난하며 사랑놀이를 하던 어린 시절은 지나갔어요. 저는 남편이 있는 몸이에요. 다른 남자가 내 침실에 오는 건 있을 수 없는 일이에요. 제발 부탁이니 나가주세요. 저는 지금의 남편과 아주 행복해요."

그 말을 들은 청년의 가슴은 찢어지는 것 같았어요. 지난 시절을 상기시켜도 소용이 없었고 자신의 변치 않은 사랑을 보여주어도 막무가내였어요. 심지어 장밋빛 미래를 내걸고 사정을 해봐도 소용이 없었지요. 그는 차라리 죽고 싶은 마음뿐이었어요.

그는 마지막으로 부탁을 했어요. 언 몸을 녹일 수 있도록 잠시만 곁에 눕게 해달라고 애원을 한 거예요. 살베스트라도 그건 거절할 수 없었어요. 절대 손을 대면 안 된다고 다짐하며 허락을 했어요. 그래서 청년은 몸이 닿지 않게 조심하며 그녀의 곁에 누웠지요. 오랫동안 간직했던 사랑, 자신이 사랑했던 여자가 보이는 냉정한 모습, 잃어버린 희망 등을 생각하며 그는 그 자리에서 죽어버리기로 결심했어요. 아, 사랑의 힘이란 그 어떤 기적도 행하나 봐요. 그는 자신이 결심한 대로 그 자리에서 주먹을 꽉 쥔 채 죽어버리고 말았어요.

한참 후 여자는 청년의 모습이 심상치 않아 흔들어보다가 깜짝 놀랐어요. 그의 몸이 얼음처럼 차가웠던 거예요. 여자는 즉시 남편을 깨웠어요. 그러고는 지금까지 자기에게 일어난 일을 마치 남에게 일어난 일처럼 꾸며서 말했어요. 어떻게 하면 좋을지 남편의 조언을 들으려고 한 거지요. 남편은 선량하고 지혜로운 사람이었어요. 자기 생각에는 죽은 사람을 그 사람의 집에 갖다놓는 수밖에는 없을 거라고 대답했어요. 또 여자는 아무 잘못 없는 것 같으니 아무 일 없었던 것처럼 지내는 게 상책이라고 대답했어요. 그러자 살베스트라가 말했어요.

"그래요, 우리도 그렇게 하도록 해요."

그러고는 남편의 손을 잡아 죽은 청년의 몸을 만지게 했어요. 남편은 혼비백산했지요. 하지만 침착하게 아무 말 없이 시신에 옷을 입혔어요. 그런 뒤 시신을 어깨에 둘러메고 그의 집 문 앞에 내려놓고 돌아왔어요.

날이 밝아 청년의 시신이 그의 집 앞에서 발견되었어요. 당연히 큰 소동이 일었지요. 어머니가 그 누구보다 놀란 건 당연했고요. 온몸을 구석구석 살펴보아도 맞은 흔적도 없었고 가벼운 상처 하나 없었지요. 의사들은 슬픔으로 인해 죽은 것으로 결론을 내렸어요. 그리고 시신은 곧 성당으로 옮겨졌어요.

지롤라모의 집에서 눈물과 한탄 섞인 소동이 한참 벌어진 후 시신이 성당으로 옮겨졌을 때 청년이 죽었던 집에서는 사람 좋은 남편이 부인에게 말했어요. 사람들이 이 사건을 어떻게 생각하고 있는지 궁금해서였지요.

"여보, 당신도 베일을 쓰고 지롤라모가 안치된 성당에 가보는 게 어떻겠소. 가서 여자들 틈에서 어떤 이야기가 나오는지 들어보시오. 나는 남자들 이야기를 들어볼 테니."

여자는 뒤늦게 슬픈 생각이 들었어요. 살아 있을 때 입맞춤 한 번 해주지 못한 지롤라모를 죽은 모습으로나마 보고 싶은 마음이 들었던 거지요. 그래서 남편과 함께 성당으로 향했어요.

사랑하는 마음을 열어 확인한다는 건 어찌 그리 어려운 걸까요? 지롤라모가 살아 있을 때 열 수 없었던 그녀의 마음을 그의 비참한 운명이 열었으니 말이에요. 그의 죽은 얼굴을 보는 순간 살베스트라의 마음에 갑자기 옛날의 불꽃이 솟구쳐 올랐어요. 그녀는 걷잡을 수 없는 연민에 휩싸였어요. 여자는 베일로 얼굴을 가린 채 사람들을 헤치고 그의 시신 곁으로 다가갔어요. 그러더니 갑자기 외마디 비명을 지르고는 죽은 청년 위에 몸을 던졌답니다. 시신을 눈물로 적셨냐고요? 아니, 그러지 못했어요. 눈물이 나오기도 전에 숨을 거두고 말았으니까요. 청년이 고통스럽게 갑자기 삶을 마감한 것처럼 그녀도 그렇게 갑자기 죽어버린 거랍니다.

그 소식은 성당 밖에 있던 남자들에게 전해졌고 여자의 남편에게도 전해졌어요. 남편의 귀에는 사람들의 어떤 위로도 들어오지 않았어요. 그저 하염없이 눈물만 흘릴 뿐이었지요. 한참울고 난 뒤 남편은 주위 사람들에게 지난밤의 이야기를 들려주었어요. 사람들은 그제야 두 사람이 죽은 이유를 확실히 알고 크게 슬퍼했지요. 그리하여 부인의 몸을 거두어 치장을 하고 청년과 같은 침대에 뉘었어요. 물론 그들은 같은 묘지에 묻혔지요. 살아서 사랑으로 결합하지 못했던 그들을 영원한 동반자로 맺어준 것은 바로 죽음이었지요.

그들을 죽음으로 내몬 부인이오? 후회하며 땅을 쳐봤자 이미 소용이 없었어요. 그 후에 자기 분수를 알고 자연과 하느님의 뜻을 따르며 살았는지는 저도 잘 모르겠어요. 여러분 나름대로 상상해보세요.

네 번째 날 모든 사람의 이야기가 끝나자 그들은 함께 노래를 부르고 춤을 추었습니다. 필로스트라토는 피암메타에게 월계관을 씌워주었습니다. 그녀는 월계관을 쓴 후 내일은 사랑하는 연인이 역경이나 불운을 딛고 행복한 결말에 이르는 주제로 이야기를 하자고 제안했습니다. 불행한 사랑 이야기로 눈물에 젖었던 그들은 모두 찬성했습니다.

다섯 번째 날

다섯 번째 날 이야기 1

여왕은 에밀리아에게 이야기를 하라고 재촉했습니다. 그러자 에밀리아가 이야기를 시작했습니다.

여러분, 시칠리아 근처에 리파리라는 작은 섬이 있는 건 모두 아시지요? 그렇게 오래된 일은 아니지만 그 섬에 고스탄차라는 처녀가 살고 있었답니다. 아주 고귀한 가문에서 곱게 자란 처녀였지요. 젊고 아름다운 처녀가 씩씩한 청년과 사랑에 빠지는 것은 당연한 일이지요. 그녀는 그 섬에 사는 마르투초 고미토라는 청년과 사랑을 했답니다. 마르투초는 예절도 바르고 일도 잘하는 훌륭한 청년이었어요.

마르투초는 용기를 내어 그녀의 아버지에게 딸을 아내로 달라고 간청했어요. 하지만 처녀의 아버지는 그가 가난해서 딸을 줄 수 없다고 거절했지요. 마르투초는 가난 때문에 퇴짜를 맞은 게 너무 억울했어요. 그는 부자가 되기 전에는 리파리로 돌아오지 말자고 친구들과 친척들을 모아놓고 말했어요. 하지만 무슨 특별한 방법이 있었겠어요. 그는 친구들과 친척들과 함께 해적질을 시작했어요. 그러던 어느 날 사라센인들이 탄 배를 털다가 거꾸로 그들에게 사로잡히는 신세가 되고 말았어요. 동료들은 대부분 바다의 제물이 되었지만 마르투초는 요행히 살아남았어요. 사라센인들은 그를 튀니지로 보내 감옥에 가두어버렸지요.

이 소식은 사람들을 통해 리파리로 전해졌어요. 그런데 조금 잘못 전해진 게 있었어요. 마르투초가 동료들과 함께 바다에 빠져 죽어버렸다는 이야기였어요. 그렇지 않아도 마르투초가 돈을 벌겠다며 떠나버려서 슬펐는데 그가 죽었다는 소식을 들으니 고스탄차는 너무 울다가 지쳐버렸답니다. 그러고는 자기도 죽어버리겠다고 결심했어요.

그녀는 죽기로 결심했지만 자기 몸에 쓰라린 고통을 가하며 죽고 싶지는 않았어요. 뭔가 새로운 방법으로 편안하게 죽을 길은 없을까 고민을 했지요. 어느 날 아버지 몰래 집을 빠져 나와 바닷가를 걷던 중 그녀는 다른 배들과 따로 떨어져 있는 작은 배 한 척을 발견했어요. 배에 탔던 사람들이 방금 내렸는 지 돛도 내려져 있지 않았고 노도 그대로 걸쳐 있었어요. 처녀 는 재빨리 배에 올라 바다를 향해 노를 저었어요. 그러고는 돛 을 올린 채 노를 바다에 던져버렸어요. 바람 부는 대로 몸을 맡 겨버린 거지요. 배가 바람에 뒤집히거나 암초에 부딪혀 부서지 면 빠져 죽겠지 하는 심산이었어요. 처녀는 머리에 망토를 푹 뒤집어쓰고 뱃전에 누워 있었어요.

그렇지만 세상 일이 어디 뜻한 대로 돌아가나요? 불어오던 바람이 부드러워지더니 물결도 거의 일지 않았어요. 배는 조용 히 바다 위를 흘러가더니 그다음 날 저녁쯤 튀니지에서 150킬 로미터쯤 떨어진 수사라는 도시 근처 해안으로 처녀를 실어다 주었어요. 처녀는 자기가 바다에 있는지 땅에 있는지도 느끼지 못했어요. 그냥 누운 채 머리를 들지 않았고 그럴 생각도 없었 던 거지요.

그때 마침 한 가난한 아낙네가 고기잡이 그물을 거둬들이고 있었어요. 아낙네는 작은 배 하나가 돛을 올린 채 육지를 향해 오는 것을 보고 깜짝 놀랐어요. 배로 가서 보니 선원들은 없고

웬 처녀 한 명이 죽은 듯이 누워 있는 게 아니겠어요? 물론 처녀를 깨웠죠. 어리둥절한 표정으로 일어난 처녀는 여기가 어디냐고 물었죠. 사람 좋은 아낙네는 "아가씨, 여기는 바르베리아 지방의 수사 근처라오"라고 말해주었어요. 처녀는 울기 시작했고 불쌍한 생각이 든 아낙네는 그녀를 위로하며 자기 오두막으로 데려갔어요. 물과 빵으로 요기를 한 처녀는 자초지종을 다 이야기했지요.

한 번 죽으려고 결심을 했다가 뜻을 이루지 못하면 다시 살고 싶은 생각이 드는 경우가 많지요. 처녀가 그랬어요. 고스탄차는 아낙네에게 앞으로 어떻게 해야 할지 모르겠다고 하소연을 했어요. 그러자 아낙네가 말했어요.

"아가씨, 내가 아가씨를 수사로 데려가서 아주 마음씨 좋은 어느 사라센 부인의 집으로 데려다줄게요. 내가 여러 가지 일을 도와드리는 분이예요. 그분께 아가씨를 잘 부탁할게요. 너무 마음씨 고운 분이니 아가씨를 딸처럼 잘 대해줄 거예요."

그 아낙은 다음 날 사라센 부인에게 고스탄차를 데리고 갔어요. 고스탄차를 본 사라센 부인은 이야기를 들은 후 눈물을 흘리며 그녀를 껴안고 이마에 입을 맞추었어요. 그 집에서 부인은 남자 없이 여자들하고만 지내고 있었어요. 명주나 야자수

잎, 가죽 등으로 수공예품을 만들고 있었지요. 고스탄차는 곧장 몇 가지 일을 익혀 그들과 함께 일을 했어요.

한편 그사이 튀니지에서는 전쟁이 벌어졌어요. 그라나다의 젊은 왕이 군대를 몰고 쳐들어온 거지요. 튀니지 왕이 군대를 소집한다는 소식을 감옥에 있던 마르투초도 들었어요. 그는 간수에게 말했어요.

"제발 나를 왕과 만나게 해주게. 내가 전쟁에서 승리할 계책을 마련해드릴 수 있네."

간수는 상관에게 그 이야기를 전했고 상관은 즉시 왕에게 보고했어요. 급한 김에 이것저것 가릴 게 없었던 왕은 곧바로 마르투초를 불러와서 무슨 계책이 있냐고 물었어요. 그러자 마르투초가 말했어요.

"전하, 전하께서는 전쟁에서 활과 화살을 주로 사용하시지요? 그러니 적군의 화살이 금방 떨어지게 만들고 아군의 화살은 넉넉한 채 전쟁을 한다면 승리할 수 있겠지요?"

"그럴 수만 있다면 전쟁에서 쉽게 승리하겠지. 그런데 어떻게 하면 된단 말인가?"

"전하, 제 말대로 하면 분명히 승리하실 수 있을 겁니다. 우선 지금 쓰는 활의 줄을 훨씬 가늘게 만들라고 하십시오. 그리고 화살도 그 가는 줄에 맞게 작게 만드세요. 전투가 벌어지면 서로 상대방이 쏜 화살을 주워서 사용하지 않습니까? 적들은 우리 화살을 주워도 활줄이 두꺼워서 사용하지 못할 것이고 우리는 마음대로 적군의 화살을 다시 쓸 수 있을 것입니다. 적들은 금방 화살이 동날 거고 우리는 얼마든지 화살을 확보할 수 있을 것입니다. 단 한 가지, 무슨 일이 있어도 적들이 이 일을 알지 못하도록 비밀리에 진행해야 합니다."

왕은 정말 대단한 묘책이라고 생각했어요. 마르투초의 말대로 한 결과 전쟁에서 승리할 수 있었지요. 당연히 마르투초는 왕의 총애를 받았고 높은 지위에 올랐답니다. 부자가 된 것은 물론이고요.

이 소문은 곧 온 나라에 퍼졌답니다. 물론 고스탄차에게도 전해졌지요. 죽은 줄 알았던 그이가 살아 있다니! 그이가 튀니지에서 큰 공을 세우고 높은 사람이 되었다니! 고스탄차는 부인에게 부탁해서 자신을 튀니지로 데려가달라고 했어요. 마음씨 고운 부인이 배를 준비해 그녀를 튀니지로 데려간 것은 물론이고요.

뒷얘기를 더 해드릴 필요가 있을까요? 서로 죽은 줄로만 알았던 애인을 만났으니 얼마나 반갑고 기뻤겠어요. 참, 마르투초도 고스탄차가 실종되었다는 소식을 들어서 알고 있었던 거예요. 그들은 튀니지 왕에게서 값진 선물을 잔뜩 받고 고향으로 돌아왔답니다. 결혼식을 올리고 행복하게 산 것은 물론이지요.

다섯 번째 날 이야기 2

이번에는 여왕이 네이필레를 지목했습니다. 네이필레는 환한 표정으로 이야기를 시작했습니다.

파노라는 도시에 두 명의 롬바르디아 사람이 살고 있었어요. 한 사람은 귀도토 다 크레모나였고 다른 이는 자코민 다 파비아였어요. 고향도 같고 해서 아주 친한 사이였지요. 젊은 시절 군대 전우기도 했고요. 나이가 들자 귀도토가 먼저 세상을 떠났어요. 귀도토는 죽으면서 자신의 재산을 모두 자코민에게 물려주었답니다. 아들도 친척도 없었으니 가장 친한 친구에게 재산을 물려준 거지요. 그러면서 열 살쯤 된 여자아이를 함께 맡겼습니다. 그 아이가 어떤 아이인지도 들려주었고요.

친구가 죽은 지 얼마 안 되어 자코민은 파엔차라는 도시로 이사를 했습니다. 물론 여자아이도 데려갔지요. 그는 그 여자아이를 친딸처럼 아끼고 사랑해주었답니다.

여자아이는 자라면서 그 도시에서 견줄 만한 여자가 없을 정도로 굉장히 아름다운 처녀로 컸답니다. 당연히 젊은 청년들의 피를 끓게 했지요. 그중에서도 아주 잘생긴 두 청년이 라이벌이 되었답니다. 두 사람은 질투를 넘어 정도 이상으로 서로를 미워하게 되었어요. 사랑의 열정이란 사람들 눈을 쉽게 멀게 하잖아요. 둘 중 한 명의 이름은 잔놀레 디 세베리노였고 다른 한쪽은 민기노 디 민골레였어요. 둘은 어떻게 하면 그 처녀를 아내로 삼을 수 있을까 궁리만 하며 지냈답니다.

자코민의 집에는 늙은 하녀와 하인이 있었어요. 잔놀레는 그중 하인과 특히 친했답니다. 그는 하인에게 부탁해서 주인이 외출하고 없는 사이에 처녀와 단둘이 만날 수 있게 해달라고 부탁했어요. 하인은 선선히 청을 들어주겠다고 했지요. 평소에 잔놀레가 하인에게 아주 잘해주었기 때문에 그 정도 청은 거절할 수가 없었던 거예요.

하지만 민기노라고 가만히 있었겠어요? 민기노는 하녀와 친한 사이였는데 잔놀레와 똑같은 부탁을 하녀에게 해서 응낙을 받아놓았답니다.

며칠이 지난 후 자코민은 친구와 식사 약속이 있어 외출을 했습니다. 하인과 하녀는 각자 잔놀레와 민기노에게 기별을 해서 주인이 외출하고 없다는 사실을 알렸어요. 먼저 도착한 건 잔놀레였어요. 잔놀레는 두 명의 패거리를 데리고 잽싸게 집 안으로 들어갔어요. 그들은 거실에 앉아 있던 처녀를 붙잡아 데려가려 했어요. 당연히 그녀는 비명을 지르며 저항했지요. 그 때였어요. 처녀의 비명소리를 들은 민기노 패거리가 거실로 뛰어든 거지요. 한 여자를 똑같이 사랑하니 생각하는 것도 어쩜 그리 똑같은지!

그때 이미 처녀는 문밖으로 끌려 나가고 있었어요. 그 모습을 본 민기노가 칼을 빼들고는 소리를 질렀어요.

"야! 이 못된 놈들아! 이게 무슨 짓이냐! 다 죽여버릴 테다. 너희 맘대로는 안 될걸!"

그러고는 일시에 잔놀레 무리에게 덤벼들었답니다. 그들이 소동을 벌이는 통에 이웃 사람들이 몰려왔어요. 어쨌든 처녀를 납치하려 한 것은 잔놀레잖아요. 사람들은 민기노 편을 들어 처녀를 다시 빼앗을 수 있었답니다. 민기노는 처녀를 다시 집

안으로 들여놓았지요. 그런데 그때 경찰들이 현장에 출동해서 당사자들을 모두 체포했답니다. 잔놀레와 민기노는 감옥에 갇히고 말았지요.

일이 다 수습되고 나서야 집으로 돌아온 자코민은 크게 놀랐어요. 하지만 처녀가 잘못한 것은 아무것도 없는 걸 알고 안도의 한숨을 쉬었어요. 그리고 속으로는 '저 애를 빨리 시집보내야지 안 되겠다'라고 생각했지요.

다음 날 두 청년의 가족과 친척들이 자코민을 찾아왔어요. 자코민이 선처를 부탁하면 벌이 좀 가벼워지지 않을까 하는 희망에서였어요. 그들은 혈기 왕성한 젊은이들이 생각이 짧아서 저지른 짓이니 너무 심각하게 받아들이지 말고 호의를 베풀어 달라고 간절히 부탁했어요. 자코민은 선량한 사람이었답니다. 게다가 살아오면서 산전수전 다 겪었으니 그 정도 일은 용서해 줄 도량도 지니고 있었어요. 그가 사람들에게 말했어요.

"여러분, 제가 이곳 출신은 아니지만 저는 여러분을 늘 친구로 생각하며 살았답니다. 기꺼이 여러분을 돕도록 하겠습니다. 이렇게 된 김에 모두에게 진실을 밀레드리도록 하지요. 사실 이 처녀는 제 딸이 아니랍니다. 그렇다고 저 애를 제게 맡긴 제 친구 귀도토의 딸도 아니고요. 그 친구가 죽기 전에 제게 다 말해주었지요. 여러분, 놀라지 마세요. 이 처녀는 이곳 파엔차 출신이랍니다. 이제 결혼할 나이가 되었으니 지참금을 듬뿍 주어좋은 신랑을 찾아주어야겠는데……. 마음에 드는 상대를 아직정하지 못하고 있던 차에 이런 일을 당하고 만 거랍니다."

사람들이 깜짝 놀라며 자초지종을 이야기해달라고 했지요. 자코민은 목소리를 가다듬더니 말했어요.

"이 도시가 페데리코 황제의 침입을 받아 점령당한 일이 있었지요? 그때 귀도토가 페데리코 황제 부대 소속으로 함께 왔었어요. 귀도토는 어느 버려진 집에 들어갔다가 두 살쯤 된 어린 여자아이가 울고 있는 걸 발견했답니다. 그 아이가 제 친구를 보고 아빠라고 부르는 바람에 불쌍하기도 하고 귀엽기도 해서 파노로 데려왔다는 겁니다."

그런데 놀라워라! 공교롭게도 바로 그 자리에 약탈당했던 집주인이 있었던 거예요. 그의 이름은 베르나부초였어요. 그는 너무나 놀라서 말했지요.

"이럴 수가, 저 애는 내 딸임에 틀림없어요. 생각만 해도 가슴이 떨립니다. 그 난리 통에 어린 딸을 잃고 내가 얼마나 애통했는지……."

베르나부초는 잃어버린 어린 딸의 왼쪽 귀 위에 조그마한 십자가 모양의 상처가 있던 것을 생각해냈어요. 어릴 때 종기가 나서 잘라낸 자국이었지요. 자코민은 곧 처녀를 불러왔어요. 베르나부초는 처녀를 보자 지금도 미인인 자신의 아내를 보는 것 같았어요.

자코민은 처녀의 귀를 덮고 있는 머리카락을 살짝 들어 올렸답니다. 그곳에 십자가 모양의 상처가 또렷이 남아 있었지요. 베르나부초는 처녀를 와락 껴안고 하염없이 눈물을 흘렸어요. 불에 탄 집에서 함께 타서 죽어버린 줄 알았던 딸이 이렇게 예쁜 처녀가 되어 돌아오다니! 하느님께 하염없이 감사하고 자코민에게도 거듭거듭 감사했어요. 처녀 또한 본능적으로 베르나부초가 아버지인 것을 알았어요. 그러고는 소리 없이 눈물을 흘렸지요. 베르나부초는 서둘러 사람을 보내 아내를 불러오게 했어요. 소식을 듣고 친척들도 모두 왔지요. 자코민이 몹시 기뻐한 것은 물론이고요. 베르나부초는 딸을 집으로 데려갔어요.

자, 눈치 빠른 분들은 짐작하셨겠지요? 그 처녀를 사랑해서 난리를 피운 두 청년 중 한 명은 바로 베르나부초의 아들이었어요. 그래서 그 자리에 베르나부초가 있었던 거지요. 그러니까 둘 중 한 명은 그 처녀의 오빠였던 셈이에요. 그게 누구였느냐고요? 바로 잔놀레였어요.

그 소식을 들은 파엔차 시장은 도시 전체가 큰 경사를 맞은 셈이라며 그들을 모두 용서해주었답니다. 잔놀레와 민기노가 화해한 것은 물론이고요. 그뿐이 아니었어요. 민기노가 처녀를 너무 사랑하는 것을 안 베르나부초와 가족들 그리고 친척들이 그들을 맺어주기로 결정했답니다. 처녀의 이름이 무엇이냐고요? 처녀의 이름은 아녜자였어요. 민기노와 아녜자는 모두의 축복을 받으며 성대한 결혼식을 치렀답니다. 그리고 아주 행복하게 오래오래 살았지요.

모두의 이야기가 끝나자 여왕은 월계관을 엘리사에게 씌워주었습니다. 그리고 내일은 재치를 발휘해 위기를 모면한 사람들 이야기를 하자고 제안했고 다들 동의했습니다.

여섯 번째 날

여섯 번째 날 이야기 1

다음 날 오후 이야기를 나눌 시간이 되자 여왕은 네이필라에게 이야기를 시작하라고 부탁했습니다. 네이필라는 즐겁게 이야기를 시작했습니다.

사랑스러운 부인들, 기지는 준비한 사람에게만 오는 게 아니라 갑자기 찾아오기도 하지요. 그래서 사람을 위기에서 구해주는 일이 자주 벌어지지요. 오늘 저는 그런 이야기를 짧게 해드리겠어요.

여러분, 쿠라도 잔필리아치 씨라고 아시지요? 우리 피렌체의 아주 명망 높은 집안 분이지요. 그분이 어느 날 사냥을 해서 커다란 두루미를 한 마리 잡았답니다. 그는 베네치아 출신의 요리사 키키비오를 불러 근사한 요리를 하라고 명령했지요. 키키비오는 두루미의 털을 뽑고 화덕에 올려 열심히 요리를 하기 시작했어요.

그런데 고기가 다 구워져 고소한 냄새를 풍길 때쯤 한 젊은 아낙네가 주방에 들어섰어요. 실은 키키비오가 홀딱 반해 있던 이웃 아낙네였지요. 그 여자는 고기 냄새를 맡더니 한 점만 달라고 졸랐어요.

"무슨 큰일 날 소리. 누구 혼나는 꼴 보려고 그러나? 어림없어요. 저리 가시게!"

그러자 아낙네가 웃으며 말했어요,

"흥, 마음대로 하시구려. 다음부터 나를 볼 생각일랑 아예 품지도 말아요."

키키비오가 어떻게 했겠어요? 결국 두루미 다리 하나를 떼어 주고 말았답니다. 뒷일이야 어찌 되었건 당장 눈앞의 떡을 잃게 생겼으니 무조건 저지르고 본 거지요.

키키비오는 쿠라도가 초대한 손님들 앞에 떡하니 다리가 하나밖에 없는 두루미 요리를 내놓았답니다. 쿠라도는 깜짝 놀라서 키키비오를 불렀어요. 다리 한쪽이 없으니 어찌 된 거냐고 물은 거지요. 이 넉살 좋은 친구는 조금도 망설이지 않고 이렇게 대답했답니다.

"주인님! 두루미란 놈은 원래 다리가 하나랍니다."

이런 멀쩡한 거짓말을 하다니! 쿠라도는 화가 났어요.

"무슨 말을 하고 있는 거냐! 내가 바본 줄 알아! 그런 두루미는 보지도 못했다."

하지만 키키비오는 막무가내로 우겼어요. 누구나 그런 경험이 있을 거예요. 나중이야 어찌 되었건 당장의 위기를 모면하려고 말도 안 되는 거짓말을 박박 우겨댔던 경험 말이에요. 한 번 겪어보지 않으셨어요? 아이쿠, 제가 우리 사랑스러운 부인들께 실례를 했네요. 고결하신 부인들께서는 절대 그런 일이 없으시겠지요.

암튼 키키비오는 "주인님이 정 원하신다면 살아 있는 놈을 직접 보여드리겠습니다"라고 큰소리까지 쳤어요. '에라 모르겠다' 하는 심산이었지요. 쿠라도는 손님들 눈치도 보이고 해서 더 이상 왈가왈부하기 싫었어요. 다만 이렇게 다짐은 해놓았어요.

"내가 이제까지 보지도 듣지도 못한 걸 산 채로 보여주겠다니 내일 아침에 보자. 네 말이 거짓으로 드러나면, 살아 있는 동안 내 이름만 들어도 몸을 부르르 떨 만큼 혼을 내주겠다."

다음 날 쿠라도는 하인에게 말을 준비시켰어요. 키키비오도 늙은 말에 태우고 두루미들을 언제나 볼 수 있는 강가로 향했지요. 키키비오는 꼼짝없이 따라갈 수밖에 없었어요. 주인이 정말 이렇게까지 할 줄은 몰랐던 거예요. 정말 어디로든 도망가고 싶은 심정이었어요.

그들이 강에 도착하니 열두어 마리의 두루미들이 눈에 띄었지요. 그런데 희한하게 죄다 다리 하나만으로 서 있는 게 아니겠어요? 두루미들은 잠을 잘 때면 그런 자세를 취하니까요. 키키비오는 신이 나서 주인에게 말했어요.

"자, 보십시오, 주인님! 어제 제가 말씀드린 게 맞지요? 두루미는 다리가 하나랍니다."

그러자 쿠라도가 두루미들 가까이 가서 "훠이, 훠이" 하고 소리를 버럭 질렀어요. 깜짝 놀라 잠에서 깬 두루미들은 올렸던 다리를 내리고는 훨훨 날아가버렸지요.

"어때, 이 악당아! 두루미 다리가 둘인 걸 똑똑히 보았지?"

키키비오는 기겁을 했으면서도 어디서 그런 말이 나오는지 자신도 모르는 채 대답을 했답니다. 기지의 요정이 마침 그에게 찾아온 거나 아닌지 모르겠어요.

"네, 나리! 똑똑히 보았습니다. 하지만 나리는 어제 저녁에는

'훠이, 훠이' 하는 소리를 지르지 않으셨습니다. 만일 그러셨다면 감추어진 다리 하나가 나왔을 텐데 말입니다요."

쿠라도는 키키비오의 대답이 너무 마음에 들었어요. 화도 싹 가라앉았답니다. 그는 껄껄껄 웃으며 대답했어요.

"키키비오, 네 말이 맞다. 내가 그렇게 할 걸 그랬구나."

자신도 모르게 찾아온 기지 덕분에 키키비오는 위기를 모면할 수 있었고 주인의 총애를 더 받았다고 하더군요. 그 기지의 요정님이 우리를 자주 좀 찾아주시면 얼마나 좋을까요.

여섯 번째 날 이야기 2

이번에는 피암메타가 이야기를 이었습니다.

젊은 부인들! 바론치 가문이 아주 명망 있는 가문인 건 다 아시지요? 하지만 그렇게 명예롭지 않은 명망도 있었어요. 훌륭한 인물들이 많이 나오긴 했는데 대부분 용모가 흉했다고 하잖아요. 오늘 저는 그와 관련된 재미있는 이야기를 해드리겠어요. 제 이야기도 아주 짧아요.

얼마 전 우리 피렌체에 스칼차라는 청년이 살았답니다. 아주 명랑하고 쾌활한 청년이었어요. 언제나 새로운 이야깃거리를 입에 달고 다녀 사람들을 몹시 즐겁게 해주었지요. 피렌체 젊은이들은 뭔가 재미있는 이야기를 듣고 싶으면 늘 그를 찾곤 했어요.

그러던 어느 날, 젊은 청년들이 피렌체의 가문 가운데 가장 오래된 정통 가문이 어디일까 하는 화제를 갖고 이야기를 했어요. 누구는 우베르티 가문이라고 하고 또 어떤 이는 람베르티 가문이라고 하는 등 저마다 근거를 대며 주장을 했지요. 그러자 스칼차가 빙그레 웃으며 대답했어요.

"다들 바보 같은 소리 그만들 하게. 피렌체는 물론이고 이탈리아 전체에서 가장 오래된 가문은 바로 바론치 가문이야. 누구나 아는 사실인데 그것도 모르고 이렇게 말다툼을 하고 있는 건가?"

그러자 친구들은 모두 '저 친구가 무슨 정신 나간 소리를 하는 거지?'라고 생각했어요. 그중 한 명이 말했지요.

"자네, 무슨 소리를 하는 거야? 바론치 가문에서 제법 훌륭한 사람들이 많이 나온 건 인정하지. 하지만 바론치 가문보다 훨씬 유서 깊고 훌륭한 가문이 얼마나 많은데 이탈리아에서 가장 오래된 가문이 바론치 가문이라니!"

"내가 정신 나간 소리를 한다고? 나랑 내기를 하지. 네가 지면 자네들 모두에게 저녁을 사겠네. 아니 친구들을 더 데리고 와도 돼. 심판관은 자네들이 아무나 정해. 내 그대로 따르지."

그들 중 네리라는 친구가 이게 웬 떡이냐며 내기에 응했어요. 그리고 피에로 디 피오렌티노를 심판으로 정했지요. 피오렌티노는 우선 네리의 이야기를 들은 다음 스칼차에게 바론치 가문이 가장 역사가 깊은 가문이라는 걸 증명해보라고 했어요. 그러자 그가 말했어요.

"자, 가장 오래된 가문이 가장 정통적인 가문이라는 건 누구나 인정하겠지? 바론치 가문이 가장 오래된 가문이라는 걸 내가 증명해내면 모두 내 이야기가 옳다는 걸 인정하겠지?

다들 잘 들어보게. 바론치 가문은 하느님이 그림을 처음 배우기 시작하셨을 때 창조하신 가문이야. 내 말이 의심스럽거든 다른 가문과 비교를 해봐. 다른 가문의 사람들을 보면 하나 같이 균형이 잘 잡히고 적절하게 배치가 되어 있지. 그런데 바론치 가문 사람들을 보게나. 우선 얼굴이 너무 길고 좁아. 또 어떤 사람 코는 너무 길고 어떤 사람은 너무 짧아. 그뿐인가! 어떤 사람은 턱이 밖으로 죽 뻗어 있는가 하면 어떤 사람은 아예 위로 쳐들린 사람도 있네. 아예 턱뼈가 펑퍼짐한 사람도 있고 한쪽 눈이 다른 눈보다 큰 사람도 있지. 잘 생각해보게. 모두가 그림을 처음 배운 아이들 솜씨 같은 얼굴들이지. 그러니 하느님이 처음 그림을 그려서 아직 서투르셨을 때 바론치 가문을 창조하신 거야."

심판을 맡은 피오렌티노는 물론이고 내기 당사자인 네리를 비롯한 모든 친구들이 웃음을 터뜨렸어요. 그들은 스칼차가 내기에 이겼음을 인정한 것은 물론이고 바론치 가문을 가장 유서 깊은 가문으로 인정했답니다.

모두의 이야기가 끝나자 엘리사는 월계수 왕관을 벗어 디오네오의 머리에 씌워주었습니다. 디오네오는 다음 날 주제를 남편을 골탕 먹인 부인들 이야기로 하자고 제안했습니다.

일곱 번째 날

일곱 번째 날 이야기

다음 날 엘리사의 제안으로 모두 짐을 꾸려 근처에 있는 발레 델레 돈네로 이동했습니다. 그곳에 짐을 풀고 식사를 하며 즐거운 시간을 보낸 후 각자 자유 시간을 가졌습니다. 이윽고 오후가 되자 그들은 다시 즐거운 이야기를 나누기 위해 모였습니다. 왕은 피암메타를 지목하며 이야기를 해달라고 부탁했습니다. 피암메타가 즉시 이야기를 시작했습니다.

저는 질투심이 많아 아내를 턱없이 의심했다가 아내에게 혼이 난 남자 이야기를 해드리겠어요.

질투심이 많은 남편들은 정말 이기적인 자들이에요. 자기는 실컷 자유를 누리면서 여자들을 의심하고 꼼짝 못 하게 하지요. 심한 경우 아내를 감금하기까지 하고요. 부당한 질투를 하는 남편에게는 그에 합당한 벌을 내리는 게 옳은 일이라고 저는 생각해요.

옛날 리미니에 재산이 아주 많은 부자 상인이 살고 있었어요. 그는 재수가 좋았는지 몹시 아름다운 여인과 결혼을 했답니다. 그렇게 아름다운 여자를 부인으로 얻었으면 행운으로 알고 부인을 사랑하며 지내면 아무 문제 없었을 것을 끝없는 질투와 의심에 시달렸답니다. 이유가 뭐냐고요? 특별한 이유도 없었어요. 자기가 보기에도 아내가 아름다우니 세상 모든 남자가 아내를 아름답게 볼 거라고 생각한 거예요. 그건 그런 대로 괜찮아요. 그런데 자기 아내가 자신에게 상냥하고 친절하니 세상 모든 남자에게도 그러리라고 생각한 거지요. 그러면 세상 모든 사람이 자기 아내를 사랑하게 될 거라고 생각했어요. 있지도 않은 일을 가지고 세상 남자들을 질투하다니, 원 세상에!

그 상인은 그런 근거 없는 질투에 사로잡혀 부인을 엄중하게 감시했어요. 집 밖으로는 발도 내밀지 못하게 하고 집 안에만 가두어놓았으니 감옥이 따로 없었지요. 결혼식이나 축제에 가지 못한 것은 물론이고 성당에도 가지 못했어요. 심지어는 창문으로 밖을 내다보는 것마저 금지했답니다. 무슨 잘못을 한 것도 아닌데 그런 형벌을 받자니 부인은 정말 고통스러운 나날을 보낼 수밖에 없었지요.

연말이 가까워 오고 크리스마스 축제가 다가오고 있던 어느 날이었어요. 부인은 남편에게 자기도 축제 날 남들처럼 성당에 가서 성찬도 받고 고해성사도 하고 싶다고 말했어요. 그러자 질투심 많은 남편이 아내에게 물었지요.

"고해성사를 해? 고해할 만한 죄를 지었다는 거요? 도대체 무슨 죄를 지은 거야?"

"왜요, 당신이 나를 이렇게 가두어놓으니 내가 성인이라도 된 줄 아세요? 나도 사람이니 죄를 지을 수밖에 없다고요. 그걸 당신에게 고백하라고요? 그럴 수 없어요. 신부님께만 고해 드리겠어요."

질투심 많은 남편은 아내가 도대체 무슨 죄를 지었는지 궁금해 미칠 지경이었어요. 그래서 무슨 수를 쓰더라도 그 죄를 알아낼 방법을 생각해냈지요. 남편은 아내에게 말했어요.

"성당에 가는 건 허락해요. 하지만 내가 다니는 성당으로 가야 하오. 그리고 주교님이 정해주시는 신부에게 고해성사를 해야지 다른 신부에게 하면 안 돼. 고해성사가 끝나면 곧장 집으로 와야 하고."

나름 속셈이 있었던 거지요.

드디어 크리스마스 축제 날 아침이 되었어요. 부인은 새벽에 일찍 일어나 곱게 단장한 후 남편이 정해준 성당으로 갔어요. 그날 남편은 부인보다 훨씬 일찍 성당에 갔어요. 그러고는 천연스럽게 신부복으로 갈아입었어요. 신부들과 짠 거지요. 부인이 주교를 만나 고해성사를 드리겠다고 하자 주교는 신부들 중 한 명을 지목해서 부인에게 보냈어요. 그 신부는 부인의 남편이었어요. 신부들과 미리 짠 남편은 자기 부인의 고해성사를 듣는 신부 행세를 할 수 있었던 거지요.

모든 게 남편 뜻대로 되었냐고요? 천만에요. 부인은 눈썰미가 누구보다 좋고 아주 영리한 여자였어요. 남편이 신부복을 입고 두건을 쓴 채 점잖은 걸음걸이로 부인 쪽으로 걸어왔지만 부인은 그 신부가 남편인 것을 금방 알아챘어요. 그러고는 속으로 생각했어요.

'아이고, 저 인간이 신부가 됐네. 내 그럴 줄 알았지. 내가 무슨 죄를 지었는지 알아내려고? 좋아, 내가 낱낱이 고백해주고 말고.'

부인은 질투심 많은 남편을 혼내줄 꾀를 순식간에 생각해냈어요. 질투쟁이는 부인이 자기를 알아보았으리라고는 꿈에도 생각하지 못했어요. 남편은 목소리를 감추려고 입에 무언가를 넣고 일부러 말을 더듬는 척했어요.

이윽고 고해성사 시간이 되었지요. 부인은 자기가 결혼한 몸이라는 것을 밝히고 어떤 신부와 사랑을 나누게 되었다고 고백했어요. 그러고는 그 신부가 밤마다 찾아와 동침을 한다고 말했어요.

그 소리를 들은 남편이 얼마나 놀랐겠어요. 가슴이 비수를 맞은 것처럼 쓰려왔어요. 질투쟁이는 당장에 뛰쳐나가 부인을 다그치고 싶은 것을 참고 물었어요.

"뭐라고요? 매일 밤? 그렇다면 남편과는 잠자리를 하지 않나요?"

"당연히 남편과도 잠자리를 하지요."

"그렇다면 신부와는 언제 어떻게 동침을 한다는 거지요?"

"신부님, 저도 몰라요. 어쨌든 그 신부님이 건드리시기만 하면 우리 집 문들은 모두 다 쉽게 열린답니다. 그분 말씀이, 제 방 앞에 와서 주문만 외면 제 남편이 곧장 곯아떨어진다는 거예요. 정말 그분이 오시면 제 남편은 잠에 빠져 깨어나질 못한답니다."

아, 그것도 모르고 잠에 곯아떨어졌었다니! 남편은 미칠 것 같았어요. 그래도 겨우 마음을 추스르고 말했답니다.

"부인, 그건 정말 옳지 못한 일입니다. 당장 그만두어야만 합니다."

"신부님, 저도 잘 알고 있어요. 하지만 도저히 그럴 수가 없어요. 저는 그 신부님을 너무 사랑하거든요."

질투쟁이는 자신의 불행에 한숨을 내쉬며 집으로 돌아갔어요. 머릿속으로는 어떻게 하면 그 못된 신부와 아내의 현장을 덮칠 수 있을까 하는 생각뿐이었지요. 집에서 남편의 얼굴을 본 부인은 자기가 남편에게 정말 멋진 선물을 해주었다고 생각하고 속으로 고소하게 생각했어요.

그날 저녁, 남편은 혹시 올지도 모르는 신부를 기다리며 밖에서 밤새 지켜보기로 결심했어요. 아내에게는 이렇게 말했지요.

"오늘 저녁 나는 밖에서 식사를 하고 외박을 하게 될지도 모르오. 바깥 대문이랑 침실 문을 단단히 잠그고 당신 혼자 잠자리에 들도록 해요."

부인은 남편에게 잘 지내다 오라고 배웅을 해주었어요.

남편은 집 밖으로 나간 뒤 칼을 품고서 문 옆에 달라붙어 있었어요. 추워서 죽을 지경이었지만 불타는 질투심으로 추위를 겨우 이겨낼 수 있었지요. 새벽이 될 때까지 아무도 오지 않자 남편은 그제야 집 안으로 들어가 아침을 먹었어요.

더 말씀드리지 않아도 질투쟁이가 얼마나 사서 고생을 했는지 다 아시겠지요? 질투쟁이는 밤마다 집 밖에 나가 감시를 했어요. 그러다 마침내 더 견딜 수 없게 되었지요. 큰 병에 걸릴 지경이었으니까요. 마침내 남편은 초췌한 얼굴로 부인에게 고해성사를 한 날 신부에게 무슨 고백을 했냐고 물었어요.

"아니 고해성사한 내용을 묻다니 당신 미쳤어요"라며 부인은 펄쩍 뛰었지요. 그러자 마침내 남편이 폭발했어요.

"이런 망할 놈의 여편네야! 네가 무슨 고해를 했는지 난 다 알아! 네가 반한 그 신부가 어떤 놈인지, 밤마다 무슨 요술로 너랑 누워 자는지 다 말해! 안 그러면 모가지를 비틀어버릴 테니!"

부인은 자기가 사랑하는 신부는 없다고 대답했어요. 그러자 네 입으로 고백해놓고 무슨 딴소리냐고 남편이 소리를 질렀지요. 그러자 부인이 침착하게 말했어요.

"신부님이 당신에게 그런 이야기를 했을 리는 없고, 그렇다면 당신이 그 자리에 있었군요? 그래요, 맞아요! 내가 그런 이야기를 했어요. 틀린 이야기는 하나도 하지 않았어요."

"이제야 바른 말을 하는군. 그렇다면 그 신부가 누군지 얼른 말하지 못해!"

부인이 미소를 지으며 말했어요.

"참, 혼자 잘난 척하시더니 꼴좋군요. 이보세요, 서방님! 당신 마음의 눈이 멀어 있으니 내 눈도 먼 것처럼 생각하는가 보군요. 천만에요. 내 두 눈은 멀쩡해요. 신부복을 입었다고 당신을 못 알아볼 줄 알았어요? 난 당신이 신부복을 입고 내 고해성사를 듣는다는 걸 단박에 알아본 거라고요.

자, 내가 당신에게 한 말을 생각해보세요. 내가 거짓말을 한 게 있는지. 내가 그때 신부를 사랑한다고 말했지요? 그때 당신은 신부복을 입고 있었잖아요. 그 신부가 나와 자고 싶을 때는 어떤 문이건 다 열 수 있다고 했지요? 자, 우리 집에 당신이 열지 못하는 문이 있던가요? 신부가 매일 나와 잔다고 말했지요? 당신이 하루라도 나와 자지 않은 적이 있던가요? 내가 조금 전에 사랑하는 신부는 없다고 말했지요? 당신은 지금 신부가 아니잖아요. 그러니 내게 사랑하는 신부가 있을 리 없지요.

이보세요. 이제 좀 정신 차리세요. 매일 밤 여관에 가서 잔다며 문밖에서 무슨 꼴이에요! 당신의 그런 행동을 사람들이 알면 얼마나 비웃겠어요? 하느님께 맹세하건대, 내가 바람피우기로 마음먹었더라면 당신 눈이 백 개가 달렸더라도 얼마든지 당신을 속일 수 있어요."

그 한심한 질투쟁이는 코가 납작해져서 아무 말도 못했답니다. 아내의 비밀을 알아냈다고 우쭐대다가 옹졸한 제 속이나 들킨 꼴이니 민망할 수밖에 없었어요. 그 뒤 어떻게 되었냐고요? 여러분의 짐작에 맡기겠어요. 하지만 그런 사내의 질투심이란 그리 쉽게 없어지는 게 아니니, 저절로 한숨이 나오네요. 그래도 그 현명한 부인은 어떻게든 즐거운 삶을 살 수 있는 방도를 찾았을 거예요.

일곱 번째 날의 이야기가 모두 끝나자 왕은 월계관을 벗어 라우레타의 머리에 얹어주었습니다. 새로운 여왕은 내일, 쓸데없이 욕심을 부리거나 어리석은 사람이 남에게 골탕을 먹게 되는 이야기를 하자고 했습니다. 모두 그 제안에 찬성했습니다.

여덟 번째 날

여덟 번째 날 이야기

여덟 번째 날 여왕이 앨리사에게 이야기를 부탁하자 그녀가 이야기를 시작했습니다.

우리 피렌체에는 훌륭한 사람들이 많이 살지요. 하지만 그에 못지않게 엉뚱한 사람, 미련한 사람들도 많이 살고 있어요. 그런 미련한 사람들을 골탕 먹이는 일에서 세상 살아가는 재미를 찾는 사람들도 많고요. 저는 이제부터 그런 이야기를 해드리려고 해요. 골탕 먹은 사람을 불쌍하게 생각하든 고소하게 생각하든 여러분 뜻대로 하세요. 저는 그냥 재미있게 이야기를 들려드리기만 할게요.

옛날 우리 피렌체에 칼란드리노라는 화가가 살았어요. 엉뚱

하다 못해 좀 모자라고 단순한 사람이었어요. 그는 브루노와 부팔마코라는 화가들과 어울리며 지냈는데 이 사람들은 칼란드리노와는 달랐어요. 쾌활한 성격인 데다 머리도 잘 돌아갔지요. 그들은 칼란드리노의 미련한 짓을 옆에서 보며 즐기곤 했답니다.

그런데 당시 피렌체에 마소라는 청년이 있었어요. 매일 무슨 재미있는 일이나 없는지 찾아다니는 게 그 청년이 하는 일이었지요. 직접 재미있는 일을 꾸며서 만들기도 했고요. 그중에 미련한 사람을 골탕 먹이는 것보다 재미난 일은 없을 거라고 생각하는 청년이었어요. 그는 칼란드리노가 미련하다는 이야기를 들어서 알고 있었어요. 당연히 칼란드리노는 그의 먹이가 되었지요.

어느 날 마소는 산 조반니 성당에서 우연히 칼란드리노를 만났어요. 그는 제단 위에 새로 설치된 그림들과 조각들을 열심히 구경하는 중이었지요. 마소는 칼란드리노를 골탕 먹일 절호의 기회라고 생각하고 곧 실천에 옮겼어요.

그는 함께 있던 친구에게 자기 계획을 말해주고 슬금슬금 칼란드리노 옆으로 갔어요. 그러고는 그를 못 본 척하면서 이야기를 나누었지요. 무슨 이야기를 했냐고요? 참 엉뚱한 이야기였지요. 마법의 돌 이야기를 한 거예요. 자기들이 마법의 돌의 대가인 척하면서 칼란드리노의 관심을 끈 거지요.

무심코 그들의 이야기를 듣던 칼란드리노는 호기심이 일어 그들의 이야기에 끼어들었어요. 그거야말로 마소가 바라던 것이었지요. 칼란드리노는 도대체 그런 마법의 돌을 어디서 구할 수 있느냐고 물었지요. 마소는 신이 나서 떠들었어요.

그는 마법의 돌이 주로 바스크인들이 사는 곳에 있다고 말해 주었어요. 그러고는 그곳 사람들은 소시지로 포도나무를 묶고, 단돈 100원이면 거위 한 마리를 살 수 있으며, 그곳 사람들이 하는 일이란 맛있는 음식을 요리하는 일뿐이며, 근처에는 백포도주 강이 흐르고 있어 실컷 마실 수 있다는 등 신나게 떠들었지요. 그게 모두 그곳에 있는 마법의 돌 덕분이라고 했답니다.

칼란드리노가 물었어요.

"당신은 그렇게 좋은 곳에 가봤소?"

"당연하지요. 천 번도 더 가봤을 거요."

칼란드리노는 호기심이 잔뜩 일었지요.

"여기서 먼가요?"

"좀 먼긴 하지요. 1,500킬로미터도 더 떨어져 있으니."

마소는 아주 진지한 표정으로 대답했어요. 마소처럼 남을 골탕 먹이는 데 이력이 난 사람들은 속으로는 너무 우스워도 절대 겉으로 드러내지 않지요. 단순한 칼란드리노는 마소의 이야기를 단단히 믿어버렸어요.

"아, 나도 그런 곳에 한번 가볼 수 있다면 좋으련만……. 그런데 내가 가보기에는 너무 머네요. 한 가지 물어도 될까요? 혹시 이 지방에는 그런 마법의 돌이 없을까요?"

그러자 마소가 정색을 하고 말했어요.

"이건 정말 함부로 이야기하면 안 되는 건데……. 당신은 초면이지만 매우 정직해 보이니 특별히 말씀드릴게요. 사실 이 근처에 엄청난 마력을 지닌 돌이 두 종류 있습니다. 우리 피렌체 근처 세티냐노와 몬티시 채석장에서 나오는 돌들이지요. 그 중 한 가지 돌로 맷돌을 만들면 밀가루가 저절로 쏟아져 나온다고 해요. 그래서 그곳 사람들은 '하느님은 은총을 베푸시고, 몬티시는 맷돌을 준다'라고들 말한답니다. 하지만 그런 돌은 너무 흔해서 마법의 돌이라고 부르기가 좀 뭣하지요. 진짜 마법의 돌은 따로 있어요. 사람들이 혈석이라고 부르는 돌인데 그 돌을 갖고 있는 동안에는 다른 사람들 눈에 보이지 않는답니다."

칼란드리노는 눈이 휘둥그레져서 말했어요.

"정말 엄청난 마력의 돌이군요. 그런데 그 돌이 어디에 있다는 겁니까?"

마소는 무뇨네 강에 가면 찾을 수 있다고 대답했지요.

"미안하지만 마지막으로 묻겠소. 그 돌이 큰가요? 색깔은 어떤가요?"

마소는 '이런 건 가르쳐주면 안 되는데' 하는 표정으로 크기는 여러 가지지만 색은 모두 검정에 가깝다고 말했어요.

칼란드리노는 당장에 그 돌을 찾아 나서겠다고 결심했어요. 그는 브루노와 부팔마코를 찾아가 말했어요.

"이보게들, 자네들 나와 함께 피렌체에서 제일가는 부자가 될 생각 없나? 정말 믿을 만한 사람에게서 들은 이야기인데 무뇨네 강에 가면 마법의 돌이 있다네. 그 돌을 몸에 지니면 다른 사람들 눈에 보이지 않게 된다는 거야. 그러니 그 돌을 찾으러 함께 가보세. 생각해보게나. 그 돌을 주머니에 넣고 은행에 가면 아무도 우리를 못 볼 게 아닌가? 거기 있는 금화와 은화를 마음대로 가져올 수 있다고……. 그럼 우린 부자가 되는 거야."

이 말을 들은 브루노와 부팔마코는 웃음이 터지려는 것을 겨우 참았어요. 그러고는 서로 눈짓을 했지요. 삽시간에 뜻이 통한 거예요. 그들은 크게 놀란 척했어요. 그러고는 돌아오는 일 요일 아침에 함께 돌을 찾으러 무뇨네 강으로 가기로 했어요.

칼란드리노는 일요일 아침이 오기를 학수고대했지요. 드디 어 일요일이 되었어요. 밤새 잠을 못 이룬 그는 날이 밝자마자 자리에서 벌떡 일어났어요. 그러고는 친구들과 함께 새벽부터 무뇨네 강변으로 갔지요. 그는 여기저기 부지런히 다니면서 검 어 보이는 돌이라면 모조리 주워서 주머니에 넣었어요. 두 친 구는 건성건성 돌을 찾는 척하며 뒤를 따랐고요. 시간이 어느 정도 흐르자 두 친구가 눈짓을 했어요. 미리 짜두었던 거지요. 브루노가 말했어요.

"이보게, 자네 혹시 칼란드리노 못 봤나? 도대체 어디로 간 거지?"

부팔마코는 뻔히 보이는 칼란드리노를 옆에 두고 이리저리 둘러보는 시늉을 했어요. 그러고는 천연스럽게 말했어요.

"모르겠네. 좀 전만 해도 바로 옆에 있었는데."

그러자 브루노가 맞장구를 쳤어요.

"이 친구, 우리를 내버려두고 집으로 간 거 아냐? 우리를 골 탕 먹인 거야. 세상에 그런 마법의 돌이 어디 있어. 우리가 정신이 나갔던 거지."

순진한 칼란드리노가 어떻게 생각했겠어요? 자기가 마법의 돌을 마침내 손에 넣은 거라고 생각한 거지요. 그는 너무 기뻐서 친구들에게 아무 말도 하지 않고 집으로 돌아가야겠다고 마음먹었어요. 보물을 손에 넣었으니 빨리 그들과 헤어지고 싶었던 거지요. 그는 왔던 길을 재빨리 되돌아가기 시작했어요. 그걸 보고서 부팔마코가 말했지요.

"우린 뭘 하지? 우리도 집으로 돌아가야지."

"가세. 이런 고약한 친구, 우리를 이렇게 골탕 먹이다니. 칼란드리노 이 친구가 옆에 있었다면 발뒤꿈치를 돌로 쳐버렸을 텐데……."

브루노는 화난 표정을 지으며 돌을 집어 들더니 칼란드리노의 발뒤꿈치를 향해 힘껏 던졌어요. 칼란드리노는 너무 아팠지만 꾹 참고 그대로 걸었어요. 그리고 곧장 집으로 향했어요. 그런데 운명의 여신도 이런 장난을 즐겼던 것 같아요. 칼란드리노가 집으로 오는 동안에 아무도 그에게 말을 걸지 않았어요. 다들 아침을 먹느라 지나다니는 사람도 별로 없었고요.

칼란드리노는 주머니마다 돌을 잔뜩 집어넣고서 기분 좋게 집으로 들어갔어요. 그때 마침 그의 부인이 집 계단 앞에 서 있었어요. 남편이 새벽부터 말도 않고 나가더니 한참 지난 뒤에야 돌아오는 걸 보고 짜증이 나서 투덜거렸어요.

"아이고, 이 화상아! 어디 귀신을 따라갔다 오셨나! 아침 식사 시간도 지났건만 도대체 어딜 갔다 이제 오는 거야."

그 소리를 듣고 칼란드리노는 화가 머리끝까지 치솟았어요. 자기가 아내 눈에 보인다는 것을 알았던 거지요. 그런데 누구를 향해 화가 치솟았냐고요? 자기를 속인 마소에게 화가 났을까요, 아니면 브루노와 부팔마코에게 화가 났을까요? 그 순간 자기가 그들에게 속은 것을 금방 눈치챘다면 그래도 영리한 사람이게요. 그는 자기 아내에게 화가 치민 거예요.

칼란드리노는 어처구니없게도 아무 죄 없는 부인을 때리기 시작했어요. 어슬렁거리며 그의 뒤를 따라오던 브루노와 부팔마코는 깜짝 놀라며 도대체 무슨 일이냐고 물었어요. 그러자 칼란드리노가 말했어요.

"자네들 아까 내가 분명 보이지 않았지? 내가 바로 곁에 있는데도 못 알아보더라고. 돌아오는 도중에 나를 알아본 사람은 하나도 없었어. 그런데 집에 돌아오니 저놈의 마누라가 나를 금방 알아보는 거야. 자네들도 알다시피 재수 없는 계집은 마법의 돌의 효력을 금방 없애버리잖아. 저놈의 마누라 때문에 돌의 효능이 없어진 거야. 피렌체에서 제일 재수 좋은 사람이 될 수 있었던 제 남편을 제일 재수 없는 놈으로 만들다니. 내 이런 마누라를 가만둘 수 없지!"

브루노와 부팔마코는 웃음이 터져 나오는 것을 간신히 참았어요. 그러고는 여자들이 그런 재수 없는 존재란 걸 알고도 조심하지 않은 칼란드리노가 잘못이지 부인이 무슨 잘못이냐고 그를 나무랐어요. 칼란드리노를 골탕 먹이는 게 목적이었지 애꿎은 부인까지 봉변을 당하는 걸 두고 볼 만큼 심술궂은 사람들은 아니었거든요. 그들은 애를 써서 둘을 화해시킨 후에 자기네 집으로 돌아갔답니다.

모두의 이야기가 끝나자 라우레타는 에밀리아의 머리에 월계관을 씌워주었습니다. 여왕이 된 에밀리아는 이제까지는 주어진 주제를 가지고 이야기를 했지만 내일 하루는 자유롭게 이야기를 하자고 제안했습니다. 모두 찬성한 후 즐겁게 노래를 부르며 춤을 추었습니다.

아홉 번째 날

아홉 번째 날 이야기

여왕이 필로스트라토에게 이야기를 청했습니다. 그는 곧 이
야기를 시작했습니다.

어제 엘리사 님이 해준 이야기를 우리 모두 재미있게 들었지
요? 칼란드리노가 골탕 먹은 이야기 말입니다. 정말 칼란드리
노는 우리를 즐겁게 해줄 이야깃거리를 많이도 남겼지요. 저도
그중 한 가지 이야기를 해드릴까 합니다.

칼란드리노는 어리석기는 해도 재수는 좋은 사람이었던 모
양입니다. 그의 숙모 한 분이 돌아가시면서 제법 적지 않은 현
금을 그에게 유산으로 남긴 거지요. 갑자기 횡재를 하자 그는
그 돈을 어디다 쓸까 궁리했어요. 그리고는 부동산에 투자하는

게 제일 낫겠다고 생각했지요. 그런데 칼란드리노는 어리석은 데다 입도 가벼웠어요. 그는 자기가 부동산을 사겠다고 떠들고 다녔답니다.

여전히 그와 잘 어울려 지냈던 브루노와 부팔마코는 생각지도 않던 돈이 생겼으니 인심 좀 쓰라고 몇 번이나 부추겼습니다. 함께 어울리며 즐거운 일에 돈 좀 쓰자는 거였지요. 하지만 칼란드리노는 도무지 말을 듣지 않았고 술 한잔 사는 법이 없었습니다.

어느 날 두 사람이 칼란드리노에 대해 푸념을 늘어놓고 있는데 마침 그들의 단짝이었던 넬로라는 화가가 찾아왔습니다. 셋은 칼란드리노가 크게 한턱 쓰게 만들 계책이 없을지 머리를 맞대고 의논했습니다. 늘 그런 일에 머리를 써왔으니 방법은 금방 생각해낼 수 있었지요.

다음 날 칼란드리노가 집을 나설 때쯤 넬로는 미리 그의 집 앞에 숨어서 기다리고 있었습니다. 칼란드리노가 나타나자 넬로는 마치 우연히 만난 것처럼 그에게 말을 던졌습니다.

"잘 지내시는가?"

칼란드리노는 건성으로 잘 지낸다고 대답했습니다. 그런데 넬로가 잠시 머뭇거리는 척하더니 칼란드리노 옆으로 바싹 다가왔어요. 그러곤 그의 얼굴을 빤히 들여다보는 것 아니겠어요? 이상하게 생각한 칼란드리노가 가만히 있을 리 없었지요.

"자네 뭘 그렇게 유심히 살피고 있나?"

"자네 어젯밤에 무슨 일 있었던 것 아닌가? 안색이 영 안 좋은데……."

"내 얼굴이 어때서?"

"아니, 그냥 꼭 딴사람 같아서. 뭐 별일 아니겠지. 신경 쓰지 말게나."

넬로는 그 말만 하고는 그냥 가버렸지요.

칼란드리노는 얼떨떨한 가운데 찜찜한 기분으로 발길을 옮겼습니다. 그때였어요. 근처에 있던 부팔마코가 칼란드리노에게 안색이 안 좋아 보이는데 무슨 일 있냐고 물었습니다.

"글쎄, 넬로가 그러는데 내가 꼭 딴사람 같다는 거야. 자네가 보기에는 어떤가? 난 아무렇지도 않은데"

"아이고, 아무렇지도 않은 게 뭔가! 반쯤 죽은 사람 같은데……."

칼란드리노는 그 말을 듣자 열이 확 뻗치는 것 같았습니다. 그런데 부팔마코의 말이 끝나자마자 브루노가 나타나서 말했습니다.

"아니 자네 얼굴이 이게 뭔가? 꼭 죽은 사람 같군. 자네 정말 괜찮은 건가?"

모두 그렇게 떠들어대니 칼란드리노는 겁이 더럭 났습니다.

"어쩌면 좋지?"

브루노가 즉시 대답했지요.

"그 몸으로 이렇게 돌아다니다가는 길에서 험한 꼴 보겠네. 빨리 집으로 돌아가 눕도록 하게. 그리고 시모네 선생에게 자네 소변을 보내도록 하게. 자네도 알다시피 시모네 선생은 유능한 의사인 데다 우리와 절친한 사이 아닌가? 자네를 잘 돌봐 줄 거네."

칼란드리노는 브루노의 충고대로 곧장 집으로 가서 이불을 덮어쓰고 누웠습니다. 친구들이 걱정하는 척하며 그를 집까지 바래다주었지요. 칼란드리노는 소변을 받아 하녀를 시켜 시모네 선생에게 보냈습니다. 그러자 브루노가 말했습니다.

"자네들은 여기서 이 친구를 간호하고 있게. 나는 의사 선생에게 가서 무슨 이야기를 하는지 들어보겠네. 필요하다면 의사 선생을 모시고 오지."

그는 하녀보다 앞서 시모네에게 갔습니다. 그러고는 자기들의 계획을 알려주었지요. 시모네는 즐거운 마음으로 그들의 계획에 동참했습니다. 선생은 하녀가 오자 소변을 검사하는 척하고는 심각한 표정으로 말했습니다.

"자, 빨리 돌아가서 칼란드리노에게 몸을 따뜻하게 하라고 일러라. 나도 곧 뒤따라가 진찰을 하고 처방을 내릴 테니."

하녀가 돌아와 말을 전하는 사이 브루노와 선생이 들어왔습니다. 선생은 칼란드리노 곁에 앉아서 맥을 짚더니 그에게 말했습니다. 곁에는 부인이 있었습니다.

"이보게, 칼란드리노! 어찌 이런 일이 자네에게 일어난단 말인가! 자네는 내 친구니 솔직히 말해주겠네. 자네는 어디가 아픈 게 아니라 임신을 한 거라네."

선생의 말을 들은 칼란드리노는 신음을 내뱉으며 느닷없이 곁에 있던 아내에게 인상을 썼습니다. 그리고 큰 소리로 말했습니다.

"이런 망할 놈의 여편네! 이게 다 당신 때문이야. 잠자리에서 자꾸 위로 올라가니까 이런 일이 벌어지는 거 아냐! 내가 뭐라고 그랬어!"

부인은 정숙한 여자였는데, 남편에게 그런 말을 들으니 창피해서 견딜 수가 없었지요. 그녀는 얼굴이 새빨개져서 한마디 대꾸도 못 하고 방에서 나가버렸습니다. 칼란드리노는 계속 투덜댔습니다.

"아이고 저놈의 여편네, 매일 이렇게 일만 저지른단 말이야! 마법의 돌을 쓸모없는 돌로 만들더니 이제는 임신하게 만들어? 나보고 애를 어떻게 낳으라고! 애가 도대체 어디로 나온단 말이야! 아이고, 난 이제 죽었다. 저 여편네 하는 짓을 그냥 두고 보는 게 아닌데…… 이걸 도대체 어떻게 혼을 내주나!"

모여 있던 사람들은 칼란드리노가 하는 말을 듣고 터져 나오는 웃음을 억지로 참았습니다. 하지만 의사 선생은 실컷 웃음을 터뜨렸습니다. 잠시 후 웃음 띤 얼굴로 의사가 말했습니다.

"이보게, 칼란드리노! 너무 낙담하지 말게. 너무 늦지 않은 게 다행이야. 내가 잘 고쳐놓을 테니 안심하게. 단지 돈이 좀 드는 게 걱정이긴 한데……."

그러자 칼란드리노가 말했습니다.

"아이고, 선생. 제발 부탁드리오. 돈은 얼마든지 들어도 괜찮소. 내가 땅을 사려고 모아둔 돈이 있거든. 필요하다면 다 가져가시오. 여자들도 애를 낳을 때는 울고불고 난리인데 애가 나올 구멍도 없는 나는 어쩌라고……. 제발 날 고쳐주시오."

의사는 심각하게 말했습니다.

"걱정 말게나. 내가 효과가 아주 확실한 물약을 하나 만들어 줄 테니. 그걸 복용하기만 하면 사흘 내로 깨끗이 나을 거야. 바로 잡아 올린 생선보다 더 생생해질 거라고. 앞으로는 처신 좀 똑바로 하게. 남자가 임신을 하다니 이게 무슨 꼴인가! 그런데 그 물약을 만들려면 살찐 암탉 여섯 마리가 필요하다네. 그리고 다른 재료들을 살 돈도 좀 필요하고. 닭과 함께 그 돈을 집으로 보내주게. 내가 내일 아침까지 물약을 만들어서 보내주지. 물약을 받자마자 큰 컵에 가득 따라 마시도록 하게."

칼란드리노의 친구들은, 멍청한 데다 인색한 친구를 골탕 먹이는 게 목표였지 그렇게 악당은 아니었답니다. 칼란드리노가 받은 유산의 100분의 1 정도만 먹고 마시는 데 쓰려고 뜯어낸 거였어요. 하지만 정말 불쌍한 것은 칼란드리노의 부인이었지요. 칼란드리노가 어리석게 친구들의 꼬임에 넘어갈 때마다 남편에게 애꿎은 원망을 들었으니까요.

의사는 집으로 돌아와서 약 냄새가 나는 음료를 적당히 만들어 칼란드리노에게 보냈습니다. 친구들은 닭을 집고 요리와 술을 사다가 배가 터지도록 먹고 마셨고요. 칼란드리노는 사흘 동안 의사가 보낸 음료를 마셨지요. 사흘 후 의사가 친구들과 함께 그를 찾아와 맥을 짚어보고 말했습니다.

"칼란드리노! 축하하네. 완치되었어. 이제 그만 일어나도 된다네."

칼란드리노는 기뻐하며 자리에서 일어나 그 길로 외출을 했습니다. 그러고는 마주치는 사람마다 붙들고 시모네 선생이 얼마나 용한 의사인지 떠벌리고 다녔습니다. 사흘 만에 아무런 고통 없이 유산을 시켜주었다고 떠들고 다녔으니 그 이야기를 들은 사람들의 표정이 어떠했을지는 여러분 상상에 맡기지요.

아 참, 부인 이야기도 좀 해야겠네요. 나중에 부인이 자초지종을 다 알게 되었답니다. 그 후 칼란드리노와 부인의 처지가 역전된 것은 두말할 필요가 없겠지요? 칼란드리노는 내내 부인의 심한 잔소리에 찍소리도 못 하고 시달려야 했답니다. 어리석음에서 좀 깨어났으면 좋았을 텐데 그건 제가 장담 못 하겠습니다.

모두 이야기를 끝내자 어느새 해가 기울기 시작했습니다. 여왕은 왕관을 벗어서 판필로의 머리에 얹어주었습니다. 판필로만이 아직 영예를 받지 않은 유일한 사람이었기 때문입니다.

그는 일을 관대하게 잘 처리해서 명성을 얻은 사람들을 다음 날 이야기 주제로 하자고 제안했습니다. 마지막 날이니 영예로운 사람들 이야기로 끝을 맺자는 것이었습니다. 모두 환영했습니다. 새로운 왕도 정해지고 다음 날 이야기 주제도 정해지자 그들은 여느 저녁이나 마찬가지로 노래와 춤을 즐겼습니다.

열 번째 날

열 번째 날 이야기 1

새롭게 왕이 된 판필로는 팜피네아에게 이야기를 청했습니다. 팜피네아는 즉시 이야기를 시작했습니다.

저는 어느 고결한 왕의 이야기를 들려드리겠어요. 프랑스 왕들이 시칠리아에서 추방당하던 시절 이야기랍니다. 팔레르모에 베르나르도 푸치니라는 사람이 살았어요. 우리처럼 피렌체 출신이었지요. 그는 약국을 경영했는데 약국의 명성이 자자했고 아주 큰 부자였답니다. 그에게는 결혼 적령기에 이른 아주 예쁜 딸이 있었어요. 신분에 맞는 적당한 남자를 만나서 행복한 결혼을 하면 아무 걱정이 없었지요. 그런데 운명이 그녀를 그냥 내버려두지 않았어요.

그 무렵 시칠리아의 왕이었던 피에트로 디 라오나가 신하들과 함께 팔레르모에서 성대한 잔치를 열었어요. 그날 마상 경기가 벌어졌는데 그때 마침 베르나르도의 딸 리사가 다른 부인들과 함께 창문으로 그 경기를 구경했어요. 그리고 그날 한 멋진 남자에게 반해버리고 말았답니다. 그런데 하필이면 그 남자가 바로 피에트로 왕이었어요. 리사는 왕이 말을 타고 달리는 모습을 보고 너무 멋져서 자꾸자꾸 보던 끝에 그만 그를 사랑하게 되었어요.

잔치가 끝나자 리사의 눈에는 왕의 모습만 어른거렸답니다. 마음속에 그 늠름하고 고귀한 모습이 꽉 들어찬 거지요. 하지만 어쩌겠어요? 신분이 너무 차이가 나니 상사병을 앓을 수밖에 없었지요. 왕을 향한 사랑을 단념할 수도 없고 누구에게 말할 수도 없어서 속앓이만 했답니다.

날이 갈수록 커져가는 사랑에 비해, 그 아름다운 처녀의 몸은 날로 쇠약해질 수밖에 없었지요. 세상에 상사병보다 큰 병이 어디 있겠어요? 게다가 약도 없잖아요. 걱정이 된 부모가 밤낮으로 의사를 부르고 약을 써봐도 아무 소용이 없었어요. 처녀는 그대로 죽어버리겠다는 결심까지 했어요.

열 번째 날

그러던 어느 날 아버지가 딸에게 원하는 게 있으면 무엇이든 들어줄 테니 말해보라고 했어요. 원하는 것을 들어주면 딸의 병이 나을 수도 있으리라 생각한 거지요. 그러자 처녀는 죽기 전에 자기 사랑을 왕에게 전하고 싶다는 생각이 들었어요. 그는 아버지에게 가수 미누치오 다레초를 불러달라고 했어요. 그는 왕 앞에 불려가 노래를 부를 만큼 당대 최고의 가수면서 연주자였지요. 아버지는 딸이 그의 노래를 듣고 싶어하는 줄 알고 그를 정중히 초대했어요. 미누치오는 마음씨가 따뜻한 사람이었어요. 그는 금방 찾아와서 리사를 부드럽게 위로했어요. 그러고는 달콤한 목소리로 노래를 몇 곡 불렀어요. 하지만 위로한다고 들려준 노래는 오히려 처녀의 가슴을 더 뜨겁게 달구었을 뿐이었어요.

노래가 끝나자 처녀는 그와 단둘이만 할 이야기가 있다며 다른 사람들을 모두 내보냈어요. 그리고 이렇게 말했지요.

"미누치오 님! 저는 당신이야말로 제 비밀을 지켜주시리라 믿고 이렇게 당신을 불렀어요. 제발 아무에게도 말씀하지 말아주세요. 미누치오 님, 얼마 전에 마상 경기가 있었잖아요? 저는 그때 전하께서 말을 모시는 모습을 보고 그만 사랑에 빠졌답니다. 정말 바보 같은 짓이라는 것을 저도 잘 알아요. 하지만 사랑은 제가 어찌할 수 없는 거랍니다. 저는 아무 대책 없이 이렇게 고통스럽게 지내느니 차라리 죽어버리는 게 낫겠다고 마음먹었어요. 하지만 전하께 제 마음은 전하고 죽고 싶어요. 제가 직접 말씀드릴 수는 없으니 대신 전해주실 분을 찾은 거예요. 미누치오 님, 제 간절한 부탁을 내치지 않으시겠지요? 제 소원을 들어주신다면 저는 편안한 마음으로 조용히 숨을 거둘 수 있을 거예요."

미누치오는 처녀가 불쌍했어요. 죽을 결심까지 했다니 무슨 수를 써서든 도와주고 싶었지요. 미누치오는 처녀의 사랑을 어떻게 왕에게 전달할 수 있을까 고민했어요. 그러다가 방법을 하나 생각해냈지요. 미누치오는 그 길로 당시 빼어난 음유시인이던 미코 다 시에나를 찾아갔어요. 그리고 그에게서 아주 애절한 시 한 편을 받아냈어요. 제가 여러분에게 그 시를 소개해 드릴게요.

사랑이여! 임에게 가서
내 마음 병들었다 전해주오.
두려움에 내 소망 숨기다가
죽음을 맞게 되었다고.

사랑이여! 두 손 모아 부탁하노니

내 임 계신 곳으로 가주오.

내 마음 달콤한 정열에 불타며

그를 사랑한다고 말해주오.

내 속에서 타오르는 그 불길이

내 목숨 끊을까 두렵다고,

내가 언제 그 고통 속에서

두려움과 무서움으로 죽게 될지

나도 정말 알 수 없다고.

사랑이여! 내 마음 그분께 드린 뒤로

그대는 내게 두려움만 가져다주었나니…….

오, 내 마음을 앗아간 임에게

내 소망 훤히 드러내 보여주고 싶지만

나는 거저 한숨만 쉴 뿐이라네.

나는 이렇게 죽어가네.

나는 오로지 죽음의 고통만 바라보고 있다네.

그분도 나의 고통을 바라지 않으실 테니

내가 얼마나 고통스러운지 그분이 아신다면,

내 슬픈 마음을 전할

용기를 낼 수 있으련만.

사랑이여! 그대가 나를 흡족하게 생각하지 않더라도

내게 자신감을 불어넣어주오.

그분께 내 마음을 전하여주오.

나를 애처롭게 여겨

어서 그리운 임께 달려가

그분께 일깨워주오.

임이 창과 방패로 무장한 늠름한 모습을 보던 그때,

내 마음은 이미 부서지기 시작했고

내가 고통스러운 병에 걸려버렸다는 것을.

　미누치오는 이 애절한 가사에 어울리는 슬픈 노래를 작곡했
어요. 그러고는 사흘 뒤 궁전으로 들어갔어요. 식사 중이던 왕
이 그를 보고 노래를 한 곡 부르라고 했지요. 그는 비올을 켜며
노래를 부르기 시작했어요. 황실에 있던 사람들이 모두 노래에
취했어요. 특히 왕의 감동은 누구보다 컸답니다. 노래가 끝나자
왕은 처음 들어보는 노래라며 어디서 나온 노래냐고 물었지요.

미누치오는 대답했어요.

"전하, 이 노래가 만들어진 지는 사흘밖에 안 되었나이다."

왕이 사연을 묻자 미누치오는 왕에게만 말씀드릴 수 있다고 했어요. 궁금해진 왕은 식사가 끝나자 미누치오를 자기 방으로 불렀어요. 미누치오는 자초지종을 이야기했지요. 왕은 크게 기뻐하면서 처녀를 칭찬했어요. 틀림없이 훌륭한 처녀일 거라고 말했지요. 왕은 참 너그러운 사람이었어요. 그날 저녁 처녀를 방문하겠다는 전갈을 넣은 거예요.

미누치오는 곧장 처녀에게 달려가 자세한 이야기를 해준 다음 노래를 들려주었답니다. 처녀는 너무나 행복해진 나머지 그 자리에서 혈색이 돌며 건강을 회복한 것처럼 보였어요.

저녁 무렵이 되자 왕은 말에 오르더니 마치 산책이라도 가는 것처럼 약국으로 갔어요. 베르나르도의 집에서는 난리가 났지요. 베르나르도를 만난 왕은 짐짓 시치미를 떼며 물었어요.

"내 그대에게 딸이 하나 있다고 들었는데 아직 시집을 가지 않았소?"

베르나르도는 왕이 느닷없이 딸의 안부를 물으니 궁금하기도 하고 황송하기도 했어요. 그는 대답했지요.

"전하! 제 딸은 아직 처녀입니다. 시집도 못 가고 죽을 것 같은 몹쓸 병을 앓더니 이상하게도 오늘 오후부터 나아지기 시작했나이다."

왕은 그 이유를 짐작할 수 있었지요. 왕은 모르는 척 말했어요.

"그것 참 다행이구려. 그토록 아름다운 처녀가 결혼도 못 해보고 세상을 떠난다면 그보다 불행한 일이 어디 있겠소. 내 직접 가서 한번 보면 좋겠구려."

왕은 두 신하와 베르나르도만 데리고 곧장 처녀에게 갔어요. 어느 정도 기력을 회복한 처녀는 가슴을 졸이며 기다리고 있었지요. 그녀의 침대로 다가간 왕은 그녀의 두 손을 잡고 말했어요.

"귀한 여인이여! 이게 무슨 일이오? 그대는 젊고 아름답지 않소. 의당 다른 이들에게 기쁨을 주어야 하거늘! 우리 모두 기도할 테니 어서 빨리 낫기를 바라오."

처녀는 꿈에도 그리던 왕의 손길을 느끼자 좀 부끄럽기는 했지만 천국에라도 오른 듯 한없는 기쁨을 맛보았어요. 그녀는 용기를 내어 말했어요.

"전하, 제가 힘도 모자란 주제에 감당 못 할 무거운 짐을 지려다 이렇게 병에 걸리고 만 것이옵니다. 하지만 전하의 은덕을 이처럼 받고 보니 병을 앓는 것이 오히려 전하께 폐를 끼치는 일임을 알겠나이다. 저는 곧 병에서 나을 것입니다."

그 뒤로 어찌 되었냐고요?

살아갈 희망을 얻은 리사는 당연히 며칠 만에 완쾌되었지요. 이전보다 더 아름다워진 것은 물론이고요. 왕과 왕비는 그녀에게 더없이 품성 좋은 귀족 청년을 소개해주었고 둘은 결혼해서 아주 행복하게 살았답니다. 왕을 그처럼 사랑하던 처녀가 그 청년을 쉽게 받아들였냐고요? 물론 받아들였지요. 사실 처녀는 아주 총명했답니다. 전하를 영원히 사랑할 것이니, 사랑하는 전하께서 해주시는 일은 무엇이든 받아들이겠다고 하면서 결혼을 승낙했지요.

열 번째 날 이야기 2

이번에는 왕이 필로스트라토를 지목했습니다. 그는 왕의 지목을 받자 이야기를 시작했습니다.

저는 보통 사람이라면 생각조차 어려운 고결한 품성을 지닌 사람 이야기를 해드리려고 합니다. 자기를 해치려는 사람을 용서했을 뿐 아니라 자신의 목숨까지 기꺼이 내놓으려고 했던 사람 이야기랍니다. 과연 그런 일이 가능할까요? 자, 들어보세요.

제가 들려드리려는 이야기는 이곳 이야기가 아니랍니다. 저 멀리 중국 북쪽의 카타이오 지방에서 있었던 일이지요. 중국을 여행했던 사람들에게서 직접 들었으니 아주 확실한 이야기입니다.

그 지방에 나탄이라는 귀족이 살았습니다. 그는 엄청난 부자였지요. 그의 땅을 밟지 않고는 동쪽에서 서쪽으로 갈 수 없을 정도로 거대한 땅을 소유하고 있었습니다. 당연히 그의 집도 호화롭기 그지없었지요. 세상 어느 궁전도 그의 집보다 멋지지는 않을 거라고들 했습니다. 하지만 그는 단순한 부자가 아니었습니다. 남들에게 베풀 줄 알았지요. 가난한 이웃을 늘 도와주었고 지나가는 길손은 늘 극진하게 대접했습니다. 그렇게 훌륭한 일을 계속하다 보니 명성이 그 지역뿐 아니라 서방 땅까지 널리 퍼지게 되었습니다.

나탄은 나이가 들어서도 남들을 계속 도와주었고 손님들을 환대했습니다. 그런데 그곳에서 별로 멀지 않은 곳에 미트리다네스라는 젊은 귀족이 살고 있었습니다. 물론 나탄의 명성이 그의 귀에도 들어갔지요. 그도 재산이 아주 많았답니다. 게다가 욕심도 많았습니다. 그는 나탄의 명성과 덕을 질시했습니다. 그래서 자기가 더 호방하다는 것을 보여주려고 했지요. 그는 나탄의 저택과 비슷한 저택을 짓고, 지나가는 사람들에게 엄청난 환대를 베풀기 시작했습니다. 당연히 짧은 기간에 큰 명성을 얻게 되었지요.

그러던 어느 날 그가 홀로 저택의 뜰에 있었을 때 일입니다. 어느 초라한 늙은 여인이 집 안으로 들어오더니 그에게 동냥을 했습니다. 그는 선선히 여자가 원하는 것을 내주었습니다. 그러자 여자는 밖으로 나갔습니다. 그러더니 이번에는 다른 문으로 들어와 또 구걸을 했습니다. 청년은 또 주었지요. 그런데 여자가 그러기를 열세 번이나 반복하는 게 아니겠습니까? 그의 집에는 문이 무척 많았거든요. 그러자 미트리다네스가 참지 못하고 말했습니다.

"할머니, 이거 해도 너무하는 거 아닙니까?"

그는 말은 그렇게 하면서도 돈은 주었지요. 돈을 안 주면 당장 명성에 흠집이 날 테니까요.

그의 말을 듣고 초라한 노파가 대답했습니다.

"역시 나탄만큼 너그러운 사람은 없네요. 그분 댁에도 여기처럼 문이 서른두 개가 있답니다. 내가 그 문마다 들어가서 동냥을 해도 그분은 한 번도 돌아보지 않고 돈을 주셨지요. 그런데 당신은 겨우 열세 번 만에 나를 돌아보며 꾸짖네요."

노파는 그 말을 남기고 떠나버렸습니다.

미트리다네스는 노파의 말을 듣고 분을 참지 못했습니다. 도저히 나탄의 호방함과 너그러움을 따라갈 수 없다는 생각을 하니 절망스럽기까지 했습니다. 나탄이 죽어버리기 전에는 결코 그의 명성을 따라잡을 수 없음을 알았습니다. 그래서 나탄을 죽이기로 결심했습니다.

미트리다네스는 아무에게도 말하지 않은 채 부하 몇 명을 데리고 말에 올랐습니다. 그리고 사흘 후 나탄이 사는 곳에 도달했습니다. 그는 부하들을 대기시킨 후 저녁때쯤 나탄의 저택으로 갔습니다. 그때 마침 나탄은 저택에서 그리 멀지 않은 곳에서 산책을 하고 있었습니다. 늘 그렇듯이 아주 소박한 차림새였지요. 청년은 그 사람이 바로 나탄이라는 것을 알 도리가 없었어요. 청년은 그에게 나탄이 사는 곳을 물었습니다. 나탄은 밝은 낮으로 직접 안내하겠다고 대답했습니다. 청년은 고맙다며 뒤를 따랐습니다. 그리고 가능한 한 나탄에게 자신을 드러내고 싶지 않으니 그렇게 해달라고 부탁했습니다.

저택에 이르자 나탄은 하인에게 청년의 말을 받아놓게 했습니다. 그리고 자기가 나탄이라는 것을 절대 비밀로 할 것을 온집 안에 빨리 일러놓으라고 했습니다. 나탄은 미트리다네스를 어느 훌륭한 방으로 안내했습니다. 그리고 직접 청년을 극진하게 대접했습니다.

미트리다네스는 그와 함께 이야기를 나누는 동안 그의 인품에 감동했습니다. 마치 아버지 같다는 생각까지 들었습니다. 청년은 나탄에게 그가 누구인지 물었습니다. 그러자 나탄이 대답했습니다.

"나는 어렸을 때부터 나탄과 함께 자란 시종이라오. 그를 극진히 모셨지만 아직 천한 신분을 벗어나지 못했지요. 다른 사람들은 나탄을 극구 칭찬하지만 나는 별로 그러고 싶은 마음이 없소."

그런 후 나탄은 청년에게 궁금한 것을 물었습니다. 그가 누구며 왜 이곳에 와서 나탄을 만나려는 것인지 물은 것이지요. 자신이 도울 수 있는 일이 있다면 기꺼이 도와주겠다는 말도 덧붙였습니다.

미트리다네스는 잠시 망설였습니다. 하지만 눈앞에 있는 사람의 인품에 끌렸습니다. 게다가 그가 나탄에 대해 약간 원망하는 마음을 갖고 있다는 것을 알고 모두 털어놓았습니다. 나탄은 그 청년이 품고 있는 생각에 적잖이 당황했습니다. 하지만 이내 마음을 진정시키고 태연하게 대답했습니다.

"미트리다네스! 그러고 보니 내가 그대 부친의 명성을 이미 들을 바 있소. 더없이 훌륭한 분이셨지요. 당신은 부친의 명성을 드높이기 위해 많은 노력을 했구려. 호방하게 살면서 남들을 그렇게까지 도왔다니 아주 훌륭한 일이오. 나탄의 덕망에 대해 질투를 느끼는 것도 대견한 일이오. 그보다 더 훌륭한 사람이 되겠다는 생각에서 나온 질투니 세상 사람들이 본받을 만하오.

안심하시오. 당신 계획은 내 철저히 비밀로 하겠소. 그리고 당신 계획을 실행할 수 있도록 도와주겠소. 자, 들어보시오. 여기서 그리 멀지 않은 곳에 자그마한 숲이 있소. 나탄은 거의 매일 아침 거기서 혼자 산책을 한다오. 거기서 그를 기다린다면 당신 뜻대로 할 수 있을 거요. 그를 죽인 후 아무에게도 들키지 않고 돌아가려면 당신이 온 길로 가면 안 되오. 왼쪽으로 난 길을 따라 숲에서 나와 집으로 가시오. 조금 험하지만 그쪽으로 가야 더 가깝기도 하고 더 안전하게 집으로 돌아갈 수 있을 거요."

미트리다네스는 곧바로 부하들을 만나서 계획을 일러주었습니다. 이윽고 아침이 되었어요. 나탄은 자신이 미트리다네스에게 해준 조언을 까맣게 잊은 사람처럼 지극히 태연한 모습으로 숲으로 갔습니다. 왜 그곳으로 갔느냐고요? 조용히 죽음을 맞으러 간 거랍니다.

한편 미트리다네스는 활과 칼을 챙긴 후 말을 타고 그 숲으로 갔습니다. 그러자 멀리서 숲을 혼자 거니는 나탄의 모습이 보였어요. 멀리서 활을 쏠 수도 있었지만 그가 죽기 전에 무슨 말을 하는지 듣고 싶어 그를 향해 말을 몰았습니다. 그는 나탄이 머리에 쓰고 있던 두건을 확 낚아채며 큰 소리로 외쳤지요.

"이 늙다리야! 여기가 네 죽을 자리인 줄도 모르고 어슬렁거리느냐!"

그러자 나탄이 조용히 말했습니다.

"젊은이, 나는 준비가 되어 있다네."

미트리다네스는 그 목소리를 듣고는 얼굴을 자세히 살펴보았습니다. 그리고 깜짝 놀랐습니다. 어제 자기를 깍듯이 맞아들이고 친절하게 조언까지 해준 바로 그 사람이었던 거예요. 세상에! 자기를 죽일 계획임을 알고도 조언을 해주다니! 태연히 죽으러 홀로 여기로 오다니! 그 순간 그를 사로잡고 있던 격정이 모두 사라져버렸습니다. 그리고 분노는 수치로 변했지요. 그는 그 자리에서 칼을 내던지고 말에서 뛰어내렸습니다. 눈물을 흘리며 나탄의 발 아래 엎드렸습니다.

"아버지처럼 인자하신 어르신, 어르신께서 얼마나 크신 분인지 이제야 알겠습니다. 아무 이유 없이 어르신의 목숨을 노린 저를 받아주시고, 게다가 이렇게 스스로 목숨을 내놓으려 이곳에 오시다니! 어르신께서는 질투에 사로잡혀 있던 불쌍한 제 눈을 다시 뜨게 해주셨습니다. 어서 제가 지은 죄에 걸맞은 벌을 내려주시기 바랍니다."

나탄은 미트리다네스를 일으켜 부드럽게 껴안고 말했습니다.

"내 아들아! 네 행동을 죄악이니 하는 말로 부르지 마라. 그건 증오나 질투가 아니다. 더 나은 사람이 되고자 하는 네 소원에서 한 일이 아니더냐? 네가 나에 대해 무엇을 부러워했더냐. 내 재산이 아니라 내 명성 아니었더냐. 너는 돈을 긁어모으려는 게 아니라 그것을 더없이 보람되게 쓰려는 것 아니냐. 명성을 위해 날 죽이려고 했던 일을 부끄러워 마라. 내가 그런 일로 놀랐으리라 생각하지도 마라. 위대한 황제들은 자기네 명성을 높이기 위해 얼마나 많은 사람을 죽이느냐. 그런데 너는 단지 나 하나를 죽여 높은 명성을 얻고자 했으니 그게 뭐 그리 놀랄 일이겠느냐."

미트리다네스는 감히 자신이 지녔던 욕망을 변명할 수조차 없었습니다. 나탄이 자신의 그릇된 욕망을 그렇게 고귀하게 변호해주니 그저 감읍할 따름이었습니다. 그는 어떻게 자신의 계획을 알고도 조언을 해줄 수 있었느냐고 감히 물었습니다. 그러자 나탄이 조용히 말했습니다.

"미트리다네스야, 그것도 아주 당연한 일이란다. 내가 나 자신을 다스릴 수 있게 된 이후로 내 집에 오는 사람의 청은 무엇이든 다 들어주었다. 네가 청하는 일에도 똑같이 했을 뿐이다. 네가 원한 건 바로 내 생명이다. 내가 내 생명을 너에게 주지 않으면 너는, 내게 그 무언가를 얻으러 왔다가 빈손으로 돌아가는 유일한 사람이 된다. 그럴 수는 없다고 나는 생각했다. 그 순간 나는 내 목숨을 너에게 바치기로 결심했다.

다시 한번 말하는데 정녕 내 목숨이 필요하다면 주저 말고 가져가거라. 내 목숨이 이보다 더 유용하게 쓰일 수 있을 것 같지 않다. 나는 벌써 80년 동안 내 목숨을 유지해왔다. 그동안 즐거운 일도 많았고 내 마음에 위안을 주는 일도 많았다. 이제 내 목숨도 자연의 법칙에 따라 거둘 때가 된 것 같다. 그러니 내 재산을 헌납하듯이 내 목숨을 헌납하는 것이 뭐 그리 어려운 일이겠느냐. 내가 앞으로 이 땅에서 살아갈 몇 년이 뭐 그리 대단한 것이겠느냐. 자, 그러니 망설이지 말고 내 목숨을 가져가기 바란다.

내가 이제까지 살아오면서 내 목숨을 원했던 사람은 아직 없었다. 그런데 마침 너를 만났구나. 마침 내 목숨을 원하는 사람을 만났으니 내가 아낄 이유가 있겠느냐. 너를 그냥 보내면 앞으로 내 목숨을 원하는 사람을 다시 만날 것 같지도 않다. 설사 그런 사람을 만난다 하더라도 내 목숨 값이 훨씬 더 떨어질 것 아니냐. 그러니 값이 더 떨어지기 전에 거두어 가거라. 내 이렇게 부탁하마."

미트리다네스는 진정으로 부끄러워서 얼굴을 붉히며 말했습니다.

"어르신의 생명보다 값진 것이 어디 있겠습니까! 제가 어르신의 생명을 탐했다는 사실을 하늘도 용서하지 않으실 것입니다. 저는 어르신께 제 생명을 더해드리고 싶을 뿐입니다."

이 말을 듣고 나탄이 말했어요.

"네 목숨을 내놓겠다고? 내가 평생 해보지 않은 짓을 나더러 하라는 말이냐? 남의 것은 빼앗아본 적이 없는 나에게 네 목숨을 빼앗으라는 말이냐?"

미트리다네스는 그렇다고 즉시 대답했습니다.

"좋다, 아주 좋은 방법이 있다. 네가 내 집으로 가라. 그리고 나탄이라는 이름으로 살아라. 나는 네 집으로 가서 미트리다네스라는 이름으로 살겠다."

그러자 미트리다네스가 대답했습니다.

"제가 어르신의 말씀대로 할 수 있다면 그대로 따르겠습니다. 하지만 제가 어르신의 이름으로 산다면 나탄이라는 이름이 지닌 명성을 크게 훼손할 것이 틀림없습니다. 그 말씀을 거두어주십시오."

나탄과 미트리다네스 사이에 이런 식으로 겸양이 넘치는 말들이 수없이 오갔습니다. 이윽고 그들은 함께 나탄의 저택으로 갔습니다. 나탄은 며칠 동안 미트리다네스를 극진하게 대접했습니다. 미트리다네스는 나탄의 목숨 대신 진정한 호방함이 어떤 것인지, 진정한 너그러움이 어떤 것인지 배움을 얻어 자기 집으로 돌아갔습니다.

제가 해드린 이야기는 아마 여러분이 납득하기 어려울 수도 있을 것 같습니다. 우리가 살고 있는 이곳에서는 일어나기 힘든 일이니까요. 세상에 자기 목숨을 원하는 자에게 기꺼이 목숨을 내놓다니! 게다가 그를 칭찬까지 하다니! 하지만 저 멀리 동방에서는 우리가 상상할 수 없는 그런 일이 자주는 아니더라도 종종 벌어진답니다. 그런 훌륭한 위인들을 스승으로 삼아 본받으려 하기도 하고요. 먼 나라의 이야기였습니다.

열 번째 날

181

이제 열흘간의 이야기가 다 끝났습니다. 그들은 저녁 식사를 마친 후 노래와 춤을 즐겼습니다. 그리고 일찍 잠자리에 들었습니다.

새날이 밝자 그들은 피렌체로 돌아갔습니다. 청년들은 새로운 재밋거리를 찾아 떠났고 부인들은 각자 집으로 돌아갔답니다.

『데카메론』을 찾아서

　『데카메론』은 무조건 재미있는 책이다. 그도 그럴 것이 작품 속 열 명의 이야기꾼은 무슨 수를 쓰더라도 재미있는 이야기를 하려고 애쓴다. 교훈이 되는 이야기로 남들의 모범이 되려는 의도는 애당초 없다. 그래서 자유롭다. 인간의 본성을 있는 그대로 보여주며 거리낌 없이 인간의 부끄러운 면까지 드러낸다. 그래서 조금은 얼굴을 붉히게 만드는 이야기도 많이 나온다. 하지만 바로 그 때문에 발표 당시부터 민중들의 사랑을 받았다. 점잖은 문인들로부터는 외면받았지만 민중들의 사랑으로 불후의 명작이 된 책이 바로 『데카메론』이다. 어떤 이는 『데카메론』이 단테의 『신곡』을 인간 세계로 확장했다고 평가하기도 한다. 『데카메론』을 『신곡』과 어깨를 겨룰 만한 불후의 명작이라고 여긴 것이다.

그런데 흥미로운 점이 하나 있다. 바로 『데카메론』의 시대 배경이다. 1348년 이탈리아 피렌체를 흑사병이 휩쓴다. 도시 전체가 죽음의 공포에 휩싸여 있다. 거의 모든 사람이 흑사병으로 죽거나 다른 곳으로 도망가버려 피렌체는 거의 빈 도시가 되어버린다. 재미있는 이야기를 한가롭게 나눌 수 있는 상황이 아니다. 그런데 보카치오는 바로 그 끔찍한 상황을 배경으로 『데카메론』을 쓴다. 무슨 이유에서일까? 바로 이야기의 힘을 알았기 때문이다. 보카치오는 작품의 앞부분에서 직접 말한다.

> 즐거움의 끝에는 고통이 찾아오듯이, 불행한 일은 갑자기 찾아온 즐거운 일로 끝맺게 되어 있습니다. 저는 여러분에게 쾌락과 기쁨을 드리기 위해 이 책을 쓰고 있다고 분명히 말씀드립니다. 사람은 아무리 고통스러운 일을 겪더라도 즐거운 일을 찾기 마련 아니겠어요? 그보다 더 효과적인 약은 없기 때문이지요.

이야기는 바로 고통을 치료해주는 약이다. 고통을 잊게 만드는 약이 아니라 고통을 치유해주는 약. 일곱 명의 여자와 세 명의 남자는 한데 모여 이야기를 나누면서 노래를 부르고 춤을 춘다. 아무리 고통스러운 상황에 처하더라도 그 때문에 인간 본연의 모습을 잃을 수는 없다. 보카치오는『데카메론』을 통해 사람은 고통스럽게 살기 위해 세상에 태어난 게 아님을 보여준다. 아무리 힘든 환경에서도 사람에게는 즐길 권리가 있음을 보여준다. 그런 의미에서『데카메론』은 고결한 책이다.

생각해보라. 흑사병이 만연하여 사람들이 마구 죽어나간다. 아무런 희망조차 없다. 그럼 결국 어떻게 될까? 한마디로 인간성이 상실될 것이다. 생명의 소중함을 잊고 자포자기에 빠질지도 모른다. 살아 있는 동안 쾌락이나 즐기자며 거의 짐승처럼 되어버릴지도 모른다. 그런 상황에서 인간다움을 지키게 해주는 것, 그것이 바로 이야기다. 이야기에는 인간 본연의 꿈이 있고 행복이 있기 때문이다. 그 절망스러운 상황에서 꿈과 행복을 보여주는『데카메론』은 그래서 고결한 작품이다.

조반니 보카치오는 1313년에 태어나 1375년에 사망했다. 그는 단테와 페트라르카 같은 동시대의 작가들과 함께 위대한 작가로 남아 있다. 그가 위대한 작가가 될 수 있었던 것은 흑사병이 만연한 불행한 상황에서 인간 본연의 모습을 끊임없이 탐구

했기 때문이다. 그는 단테와 비견되는 작가지만 단테와는 확연히 구분된다.

물론 보카치오는 단테의 영향을 많이 받았다. 그럼에도 그는 단테와는 다른 길을 걷는다. 중세 기독교 사회에서 단테는 교회의 타락을 한탄한다. 그는 종교적 구원을 갈구하며 『신곡』을 쓴다. 『신곡』의 주제는 종교적 초월이다. 하지만 보카치오는 현실 자체에 더 관심을 갖는다. 그가 관심을 가진 것은 신의 섭리가 아니라 인간의 본성이다. 신의 초월 세계가 아니라 인간 사회다. 보카치오부터 소설이 저 높은 곳으로부터 우리가 몸담고 있는 지금 이곳으로 그 눈높이를 낮추게 되었다고 봐도 좋다.

작품의 제목인 『데카메론』은 그리스어로 '10일 동안의 이야기'라는 뜻이다. 열 명의 젊은 남녀가 흑사병이 만연한 도시를 떠나 피렌체 근교에 모인다. 그들은 열흘 동안 하루에 한 가지씩 총 100편의 이야기를 주고받는다. 어느 날은 주제를 정해 이야기를 나누기도 하고 어느 날은 자유롭게 이야기를 나누기도 한다. 그 100편의 이야기에는 사람들이 세상을 살면서 겪을 수 있는 온갖 경험이 담겨 있다.

『데카메론』은 보카치오 개인의 작품이다. 그런데 작품 속

100편의 이야기들은 그야말로 다양하다. 도저히 한 사람의 작품이라고 보기 어렵다. 보카치오가 사람들의 생각과 삶이란 그야말로 다양할 수밖에 없음을 잘 알고 있었기 때문이다. 그래서 가능한 한 보카치오 개인의 목소리는 자제한다. 따라서 『데카메론』은 보카치오 개인의 작품이지만 그 안에는 무수히 다양한 목소리가 존재한다. 그리고 독자는 그 다양한 목소리들에서 자유롭게 자신의 상상력을 펼칠 수 있게 된다. 여러분은 『데카메론』을 읽으면서 다양한 다른 사람의 이야기와 생각에 귀를 기울이는 동시에 여러분 나름대로 상상력을 발휘하여 이야기를 꾸밀 수 있게 된다. 『데카메론』의 진정한 재미는 바로 거기에 있다. 어떤가! 『데카메론』을 읽은 친구들끼리 이야기 동아리 하나 만들어볼 생각이 들지 않는가! 서로의 자유로운 상상력과 꿈을 나누어볼 생각이 들지 않는가!

『데카메론』에 나오는 총 100편의 이야기 중 여기서는 20편만 소개한다. 지금 여러분이 읽어도 공감할 수 있고 재미를 느낄 수 있는 이야기 위주로 골라서 엮었다. 그리고 필요한 경우 원작과 순서를 바꾸기도 했다. 이 책을 읽고 나면 아마 나머지 이야기들을 마저 읽고 싶어지리라. 그때는 주저 없이 원본을 펼쳐들기를!

데카메론

생각하는 힘: 진형준 교수의 세계문학컬렉션 07

펴낸날	초판 1쇄 2017년 9월 1일
	초판 4쇄 2023년 9월 20일

지은이	조반니 보카치오
옮긴이	진형준
펴낸이	심만수
펴낸곳	(주)살림출판사
출판등록	1989년 11월 1일 제9-210호

주소	경기도 파주시 광인사길 30
전화	031-955-1350 팩스 031-624-1356
홈페이지	http://www.sallimbooks.com
이메일	book@sallimbooks.com

ISBN	978-89-522-3739-2 04800
	978-89-522-3984-6 04800 (세트)